波の影

The Shadow of Waves

山田典宗

Bunso Yamada

波は、瞬く間にやってきて、
すべてのものを奪い去ると、
その場にカネだけを残した。

カネは、ひとびとの心に忍び込み、
尽きることのない揺らぎをもたらした。

1

人影のない夜の浜辺に、波が静かに打ち寄せていた。

小高くなった海岸通りを一匹の老犬がさまよっているが、街灯が切れているせいで、その姿は現れたり消えたりを繰り返す。

と、犬が動きをやめて首をあげた。

前から若い男が歩いてきたのだ。

次第に歩を速め、今にも歌い出しそうな雰囲気である。

（あの様子なら俺の給料もきっとあがる。仕送りも増やせるし、新しい服も買える！）

そう思うと男は嬉しくなった。

彼の名は高橋幸一。細おもてのハンサムな青年で、年は二十歳《はたち》。がっちりとした身体《からだ》で背も高い。勤め先の社長の家で夕食に呼ばれた帰りである。

高校時代はバスケットボールで名を馳せ、優秀であるにもかかわらず、上の学校に進むことなく、卒業してすぐ、ここ奥尻島に働きに来た。もったいないと誰もがいった。

幸一が浮かれながら歩いていると、突然、後ろからゴォーッと聞きなれない音が迫ってきた。振り返る間もなく、それは足元をすぎ、とたんに突き上げるような揺れがきた。揺れは一気に激しさを増し、とても立っていることができない。焦りながら道路わきのコンクリートに手をかけ、恐怖に耐えていると、やがて揺れは収まった。

しかし、安心も束の間、すぐに第二波が襲ってきた。今度は最初の揺れと違って、ユウラユウラと大きく揺れる。

長い……。

向こうに見える家は互いに軒をぶつけ合い、電信柱は生き物のように首をふる。ついに電線が切れて、暗闇に火花が散った。幸一は急いで社長の家に引き返した。

玄関についても、地面はまだ揺れている。

「だめだ！　裏へ回れ！」

中から社長の怒鳴り声がした。戸があかないのだろう。

手を貸そうと近寄った瞬間、壁に亀裂がはいったとみるや、大屋根が上から降ってきた。

間一髪、幸一は飛びのいて難を逃れたが、見る間に家全体が崩れ落ちた。

ようやく揺れが収まり、這いつくばっていた幸一が恐る恐る顔をあげると、大屋根の下に社長の左腕がのぞいている。夕食のときに着ていた白いシャツが、みるみる血に染まっていく。

「おい、あんちゃん」

走って来た男が幸一に声をかけた。

「津波だ！　津波がくるぞ。早く上へ行け！」

「でも、ここに人が」

「いいから、逃げろ！　うろうろしてると死んじまうぞ！」

男はすぐに向きをかえ、

「逃げろォ！　津波だ、津波がくるぞォ！」と、叫びながら走っていった。

再び余震が島を襲い、残っていた裏手の家も崩れ落ちた。

街全体は停電し、月明かりだけが頼りとなった。幸一は、一緒に食事をしたほかの三人を探して瓦礫の上を歩いてみるが、梁《はり》や建具《たてぐ》が散乱し、割れたガラスもあって思うように進めない。

ふと、ひとの声がしたような気がした。立ち止まって耳を澄ましていると、

「……たすけて」

こんどは確かに聞こえた。それも身近にだ。

慎重に目を凝らしていくと突然、血だらけの顔がヌッとあらわれた。幸一は思わず身を引いたが、よく見ると社長の奥さんだった。背中に金庫がのしかかっている。扉が開いているが、津波の恐ろしさを知っているだけに、逃げる前にカネを取り出そうとしたのかもしれない。奥尻島は十年前にも地震に襲われて甚大な被害を出していた。

幸一は金庫をどかそうとしたが、重くて動かない。腰をいれてもう一度押し上げようとすると、札束がふたつ落ちていた。ハッとして金庫をのぞくと、まだたくさんの札束が残っている。

「こうちゃん」

呼ばれて幸一はギクリとした。息も絶え絶えに、みんなを助けてくれと懇願されるが、幸一は今見た札束に心を奪われて、探してはみるものの、目は瓦礫のうえをなぞるだけだ。とうとう我慢できず、幸一は金庫のところへ戻ってしまった。

「おばさん、……おばさん！」

声をかけると、血だらけの眉がわずかに動いたが、その後は何度呼びかけても目があくことはなかった。幸一は背中のリュックサックをカラにして、地面の札束を拾い集めた。

金庫の中にも手を入れて、あるもの全てを詰め込んだ。

（早く逃げなければ）

そう思って瓦礫の上をぽんぽんと跳んだとき、幸一はガラスに足を取られてひっくり返ってしまった。

起き上がりざま、一歳になったばかりのありさが、ひしゃげた窓枠の下でうつ伏せになっているのが目に入った。社長の孫にあたるかわいい女の子だ。

急いでそばへ寄るがピクリとも動かない。だが手首の脈をさぐると、弱いながらも反応はある。幸一はありさを抱きあげて道路に出た。

だが、数歩進んだところで足を止めてしまった。注意深くあたりに目を配り、瓦礫の中に戻ると、そこにありさを置いて高台へと走って逃げたのである。

避難場所の公園には大勢の人が集まっていた。家族の姿を探したり、スマホがつながらないと騒いでいる。

「あの子はどこ？　あんた、一緒じゃなかったの!?」

中年の女が、夫らしき男に詰め寄った。

「途中まではいたんだが」

「わたし、探してくる！」

「やめろ！　十年前の津波を忘れたか！」

「あの子となら死んでもいいわっ！」

その声は、否が応にも、幸一にありさのことを思わせた。あのとき、ありさはまだ生きていたのだ。幸一は急いで坂を駆けおり、ありさのもとへと急いだ。すると、ありさは意識を取り戻して泣いていた。抱いてくれといわんばかりに両腕をあげる。幸一はありさをかかえて高台へ向かって走りだしたが、途中、かかえ直そうと足をとめたときである。凄まじい音がして幸一は思わず振り返った。

倒壊を免れた家並みの上に、巨大な黒い壁が立ち上がったのだ。その壁は地平線いっぱいに続き、すべてを呑みこみながらこちらへ向かってくる。

（津波だ！）

恐れを為して幸一は死に物狂いで走り続けた。

高台につくと、ありさは腕の中で泣き叫び、人々は恐怖のさまで下を見ていた。家が流され、車が水に浮かび、たくさんの家財道具が渦の中でぶつかりあっている。

着のみ着のままで逃げてきた人々は、ここで一夜を明かすことになったが、幸一も渡された毛布にありさをくるんで広場のすみに座りこんだ。

（これからどうすればいいんだ……）

幸一は途方にくれた。奥尻島には、ほかに誰も知る人はいない。じっとありさを見つめていると、社長の家族の顔が浮かび、幸一はここへ来た当時のことを思い出した。

「漁師は儲かるんだってさ」

夜の世界ではたらく母親が、なにげなくいったひとことに幸一は触発されたのだ。俺も漁師になってカネを稼ぎたいというと、

「むりむり。あんたに漁師なんかできっこない。あれはお客さんの話だから」

と、母親は相手にしなかったが、苦労をかけた母親に楽をさせたい幸一は、その客のツテを頼って新潟から奥尻島に来たのである。

だが、連れていかれた先は不動産が本業で、漁師は二の次だった。漁師で蔵《くら》が建つほど儲かったのはひと昔まえ、今は人を雇うような状況じゃないといわれたが、今さら帰るわけにはいかなかった。話が違うと文句をいうと、

「わかっちゃいねえな、おめえ。ここにいれば不動産の勉強ができるし、ときどき船にも乗せてもらって漁師の仕事もできるじゃねえか。一石二鳥。こんなラッキーなことはそう

そうあるもんじゃねえぞ」

紹介者は悪びれることなく言い放ち、幸一を不動産屋の社長に押しつけて帰っていったのだ。

そんなわけで、ここで働くことになったのだが、社員は社長夫婦とひとり娘だけで、そのうち娘は嫁に行ってしまった。ちっぽけな島だから、不動産の取引などは滅多にない。海のあがりも、思ったほどではなかった。

会社は鳴かず飛ばずの状態が二年半続いたが、今年になって驚くべき事が起きた。デジタル機器に欠かせないレアメタルの鉱脈が島の北端で発見され、山林であるその土地一帯が、今は亡き先代の持ち物であることが判明したのである。

その情報を聞きつけるや、大手電機メーカーがいち早く購入し、購入後は徹底した箝口令を敷いた。そのせいで鉱脈の発見がテレビや新聞で取りあげられることはなく、世間が静かなうちに、今日売買代金の三分の一が社長に振り込まれてきたのである。

仕事が終わると、幸一は社長に呼ばれた。メシを食いに来いという。

そこでは、これまでと違って、溢れんばかりの料理がテーブルに並んでいて幸一は驚いた。

「金額がでかいから二つに分けたんだとさ。どういうことかわかるか、こうちゃん」

ビールを自分でつぎながら、上機嫌で社長がいった。

「億なんてカネが振り込まれることは、この島じゃ無いらしいんだ。記帳しようにも桁が足らんとかで、二段に分けて記帳したそうだ」

社長は土地代金のことをいっているのだ。

食卓には、ひとり娘の美子《よしこ》もいる。一歳くらいの幼児《おさなご》を連れて里帰りしているのだ。その子はありさという名前で、ぽっちゃりとしてとてもかわいい。ご飯を口に入れてもらうと、ちゃぶ台に身をのりだして、幸一を見ながら口を動かす。幸一もそれにあわせて口を動かしていると、美子がありさを引き戻した。

「この子、こうちゃんのこと好きみたいね。早くお嫁さんをもらうといいわ。お母さんきっと喜ぶから」

幸一の母親は四十一歳。新潟にひとりでいる。顔は丸くて色が白く、どちらかというと男好きのする顔だ。背は高いほうで、中学高校と水泳をしたから肩幅もある。胸も豊かだし、イブニングドレスを着ても映えるだろう。歳《とし》よりずっと若く見える。

父親は幸一が小学校六年生のときに突然姿を消した。今もって行方がわからない。よく遊んでくれたし、心遣いの細やかな父だったが、前触れなしに突然いなくなったのだ。今にして思えば、なんでも自分の思い通りにする母親に愛想を尽かしたのかもしれない。

稼ぎ手を失った母親は、仕方なく働きに出た。むかし、イタリア料理店でアルバイトをしていたから客商売には自信があるといって、手っ取り早く夜の商売につき、女手ひとつで幸一を育ててくれた。今は自分の店をもっている。

ひとりっ子の幸一が奥尻島へ行ってしまうと、マンションから安いアパートへ引っ越そうとしたが、職場に近いからそこにいなよと幸一は反対した。そうした手前もあって、幸一は毎月仕送りを続けているのだ。

2

空が明るくなると、幸一は自衛隊のヘリで真駒内にある自衛隊札幌病院に搬送された。重病人が優先されたが、リュックを背負ったまま慣れない手つきで幼児をあやす若者を見かねた人々が、隊員に頼み込んで幸一をヘリに乗せてくれたのである。

ありさは、顔や体に浅い切り傷があるだけだったが、泣き方が激しいため、念のため入院して詳しい検査を受けることになった。

言われるままにここまできたが、幸一は一刻も早く遠くへ行きたかった。リュックのカネが気になるのだ。それに入院となれば保険証の提出も求められるだろうし、書類もいろいろと書かなければならない。幸一はひるんだが、幸いにも病院がごった返していたため、家族と別れた被災者として住所と名前を訊かれただけで済んだ。

幸一は身元がばれないように住所も名前も適当に書いた。検査結果は聞くつもりだが、結果がどうあれ、すぐに病院を抜け出す算段だ。

大勢の被災者が運び込まれたため長く待たされたが、昼近くになってナース・ステーションに呼ばれて医師から検査結果を聞かされた。

「特別異常はないようですが、弱っているので、点滴を続けながらもう少し様子をみたいと思います。何もなければ、あしたには退院できると思いますよ。……ところで、おとうさまですか？」

「はい」

若いと思ったのだろう。医者の目は疑っているようだ。

「このあとはどちらへ？」

「東京へ行くつもりです」

「ご親戚かなにか？」

「はい。渋谷に叔父がいるもので」

幸一がもっともらしく答えると、医者は納得したようで、ナース・ステーションから出ていった。

小児科病棟ではすることもなく、ありさのそばにいる時間は二倍にも三倍にも長く感じられた。

夜になった。

ありさの点滴も終わり、運ばれてきた夕食も済んだ。あとは逃げるだけだ。

だが幸一はすぐには動かず、病院が静かになるのを待った。廊下に誰もいなくなったのを確かめると、ありさを抱き、そばにあるおむつパックをつかんで一目散に病院を抜け出した。あとで騒がれては困るので、診察代ですと書いた封筒に五万円をいれてベッドの上に置いてきた。

外へ出た幸一は、ありさを置いていく場所を探しながら歩いた。

やっぱり足手まといだ。どこかへ置いていこう。そう思ったのである。

あそこにしようか、ここにしようかと焦りながら歩いていると、交番の前に来た。入り口に「巡回中」と札がかかり、中には誰もいない。幸一はそのまま通り過ぎたが、しばらくして足をとめた。リュックサックから札束をひとつ取り出しておむつパックの中に突っ込み、さっきの交番へと引き返した。

人がいないのを確認し、行き交う車のライトが途切れた瞬間、幸一はありさとおむつパックを交番の前に置いて走り去った。右に左に思いつくまま走り、コンビニの前へ来て足をとめた。公衆電話があるからだ。持っていたスマホは、瓦礫の上で立ったりしゃがんだりを繰り返したせいでポケットから落ちたのだろう、無くしてしまっていた。

電話はつながったが留守番電話だ。母親は店に出ているのだろう。無事だから明日《あした》帰る。幸一はそれだけいって電話を切った。

受話器を戻して、大きくため息をついた幸一だったが、その幸一を、少し離れた場所に自転車をとめ、片足をつきながらジッと見つめる黒い影があった。

影は、幸一が幼児を交番前に置いたときから後をつけ、電話を終えた幸一を見届けると、くるっと向きを変えて、ペダルをこいで去っていった。

幸一は大通り付近のホテルに泊まり、夜が明けると早々にタクシーで新千歳空港へと向かった。

九時半の飛行機に乗り、新潟空港に着くと、到着口で待っていた母親が駆け寄ってきて、幸一の無事を喜んだ。

家に着いて、地震のことを一通り話し終えると、幸一は散歩に行くといって家を出た。頭の中はリュックのカネで一杯だ。自衛隊の病院でこっそり数えてみたが、あまりにも大金だ。

百万円の束が十個、それに五十万と三十万が入った二つの封筒。合計で一千八十万円もある。そんな大金をいつまでも現金のまま持ち歩くわけにはいかない。それに現金だけじゃない。預金通帳が三つある。会社名義の通帳には七千五百万ずつが二段にわかれて入っているが、あれは社長がいっていた電機メーカーからの振り込みだろう。残高は全部で一億五千万円だ。あとふたつ。社長個人の通帳には百五十万、妻名義のほうは二十八万で、すべてを合わせれば一億六千万円以上にもなる。そのほか、金庫にあったものは全部突っこんだが、会社の社判や銀行印、実印、それにキャッシュカードもリュックの中にある。

幸一は万代橋にさしかかった。

河口には佐渡汽船のターミナルが見え、佐渡ヶ島がかすんで見えていたが、この橋も地震とは縁が深いと聞いている。半世紀以上も前の話になるが、一九六四年の六月一六日、粟島付近を震源とするマグニチュード七・七の大地震が新潟県を襲った。関東大震災につぐ規模で、損害は当時のカネで三千億円にものぼったという。

一級河川の信濃川に架かる三本の橋は、どれもこれも無残に水没したが、この万代橋だけは最古であるにもかかわらず損壊を免れ、建設中に人柱となった多くの人夫が守ってくれたと人々は噂した。

橋を渡り切った幸一は、古い外観の喫茶店に入った。天井近くに置かれたテレビが、おとといの北海道大地震の中継をやっていた。ヘリコプターから撮っているのだろうか、幸一の会社があった付近が映ったが、あたりはまるで爆撃にでも遭ったかのように建物は破壊され、高かったビルも跡形ない。

画面がかわり、奥尻島の犠牲者の名前がロールアップされていく。

と、社長の名前があがってきた。思わず目をこらすと、続いて奥さんの名前も、帰省していた娘の名前もでてきたのだ。

幸一は、そばにあるリュックサックに目をやった。

（これでこのカネを知る者は誰もいなくなった……）

そう思うと同時に、複雑な思いにもなった。カネに心を奪われてはいるが、これは他人のカネである。とはいえ、警察に届ける気は毛頭ない。これだけのカネを、俺が無事におろすことができるだろうかと、幸一の心に新たな心配ごとが沸き起こってきた。

時間が経てば地震の混乱は収まり、銀行は預金の引き出しに警戒を強めてくるかもしれないのだ。混乱が続いているうちに、さっさと北海道に戻り、奥尻支店が無くなった以上は江差町の本店へ行って通帳のカネをおろしてくるべきだろう。

キャッシュカードはあるにはあるが、暗証番号がわからない。へたに試してロックがかかれば一銭もおろせずに終わってしまう。万が一うまくいっても、一億円をおろすにはとんでもなく時間がかかるし、ちまちまやっているうちにストップがかかる可能性だってある。やはり確実に手にいれるには、通帳と印鑑の現物を見せて、窓口の人間と対峙するほかはないのだ。

動悸がどんどん高まってくる。胸に手をあてた瞬間、幸一はふと、この格好ではまずいと思った。一億円を超えるカネをおろしに行くのだ。こんな若者の普段着では怪しまれてしまう。幸一は急いで近くのデパートへ行き、スーツを買った。それにあわせてネクタイと靴も買い、高級ブランドの旅行用バッグも買った。支払いはすべてリュックのカネを使った。

マンションに戻ると、母親の信子が、

「ちょっとあんた。それどうしたの？　あんたにそんなお金があるわけないでしょ！」

と、ヴィトンの紙袋に目をやって、叱りつけるような口調でいった。

幸一は母親を台所に呼ぶと、

「これ、やるから」

といって、リュックから新聞紙でくるんだ四角い包みを取り出し信子に渡した。信子は怪訝そうに包みをあけてみるが、

「な、なに、これ！　あんた、何をしたの!?」

と、恐ろしいものを見たような声をあげた。

「宝くじだよ」

そうはいっても、帯封のある百万円の束が十個。一千万円である。

「いい加減なことをいうんじゃないわよ！」

「ほんとだってば。だけどまだ、全部をもらってないんだ」

幸一は、あらかじめ用意した話をして、あした東京の本店でもらってくるといった。み

ずほ銀行の札幌支店へ換金に行ったが、高額当選のカネは支店レベルでは全額払うことはできないといわれて一千万だけは払ってくれた。残りは東京の本店で払うといわれたから東京へ行くが、それなりの格好をして行かなければならないという説明を信子は信じなかった。

いくら当たったのか。当選番号をいってみろ。いつ、どこの売り場で買ったのかなどとしつこく訊いてきたが、当選金額だけは内緒にして、ほかの事についてはまことしやかに嘘をついた。

とうとう信子は幸一の言葉を信じ、もらった包みをありがたそうに押し頂くと、奥の部屋の箪笥《たんす》にしまいこんだ。

「そうそう、あんた、テレビに出ていたよ」

信子がヴィトンのスーツをハンガーにかけながらいった。

「あのとき、どのチャンネルを見ても、津波の映像と瓦礫の山ばっかりでさ。それに、あんた、火事もあちこちで起きていたじゃない。だから、あんたのことはもうダメだと思ったんだよ。――ところがさぁ！」

信子が振り向いた。

「あんたが映ってたんだよ。高台に向かって走っているとこがね」

幸一は驚いた。それは、被災者の誰かがスマホで撮った映像だという。

「驚いたの、なんのって。なにしろ死んだとばっかり思っていたからね。それに、あんた、赤ちゃん抱いていたじゃない。あの子誰？」

「えっ？」

「え、じゃないわよ。あんた抱いてたでしょ！」

「すぐに俺だとわかった？」

「あたりまえじゃないか。あたしゃ、あんたの母親だよ」

「俺が抱いてたその子の顔、わかった？」

「バカじゃない！　そんなとこまで映るわけないでしょ！」

幸一は少し安心した。

「あの赤ちゃんは、一緒に逃げた人の子どもだよ」

そう答えたものの、あぶない話だと幸一は思った。うかうかしてはいられない。全国ネットで自分の姿が放映されたからには、一刻も早く通帳のカネを現金に換えなければならない。

その晩、幸一は東京で働いている友人に電話をかけた。高校時代に仲がよかった男である。今でも東京へ行くと必ずといっていいほど会っている。おとといの地震で被害に遭い、頼みたいことがあるというと、急な申し出にもかかわらず時間をつくってくれた。

翌日、新潟から新幹線で東京へ向かった幸一は、飯田橋駅付近の店でその男と会った。一時間ほど話をして、その後、羽田空港へ向かった。カネを現金化するため北海道へ戻るのだ。選んだ飛行機は函館行き。江差町の本店へ行くためだ。

疲れているためか、離陸も知らずに眠りに落ちた幸一は、着陸の衝撃で目が覚めた。タクシーで函館国際ホテルへ行き、緊張しながら宿泊カードを書いたが、手続きはスムーズに済んだ。

部屋に入り、ほっとして椅子に座った幸一は、ヴィトンの旅行バッグに目をやった。これに通帳のカネを詰め込んで新潟に帰ることができるだろうか。それとも信用金庫の職員に怪しまれて、一億のカネがまぼろしに終わってしまうのか。運だめしどころか、失敗すれば警察沙汰になりかねない話だ。心臓の高鳴りは続き、深夜をすぎても幸一の目は冴え続けた。

いくら目を閉じても、わずかにまどろむだけで、そのうちに、窓の下を人や車が動き始めた。

3

幸一は、朝早くタクシーで江差町へ向かった。国道二二七号線を一時間半ほど走り、桧山信用金庫本店に着いた幸一は、開店と同時に入って注目を浴びるのは避け、付近を少し歩いて時間をつぶしてから中に入った。

「いらっしゃいませ」

元気のいい声が天井の高い建物に響いた。

「おカネをおろしたいのですが」

カウンターの前で幸一がいうと、

「恐れ入りますが、あちらの出金伝票にお書き頂けますでしょうか」

若い女の行員が幸一の背後の記帳台を指さした。

「金額が大きいんですけど」

「おいくらほどでしょうか?」

幸一はバッグから通帳を出して行員に渡した。

「そこに、三百七十万だけ残して、あとは全部おろします」

全額引き出すと、さすがに怪しまれるだろうと幸一は思った。

と、通帳をひらいた行員の顔が、にわかに強張《こわば》った。

「すべて現金で……でしょうか？」

「はい」

「少々お待ちください」

彼女は立ち上がり、となりの女に何かいうと、後方にさがって、奥にいる五十絡みの男に通帳を渡して話し始めた。男はちらっと幸一を見てすぐに通帳に目を落としたが、女は見張るような眼を幸一に向けて離さない。

恐ろしく長い時間に思え、不安を感じて逃げようと思ったそのときである。奥の男が立ちあがり、うしろのロッカーから背広をだして腕を通すと、カウンターの前までやってきた。

「すみませんが、中にお入り頂けますでしょうか」

男は幸一をカウンターの中に招き入れると、営業部長の高山でございますと、名刺を差し出した。取締役本店営業部長高山昭二とある。幸一は財布の中に一枚だけあったヨレヨレの名刺を渡した。

高山は先に立って歩き出し、営業店の奥を通って突き当りのドアを抜けた。そこは店とは切り離された広いホールになっていた。

「すみませんが、少しお話を聞かせてください」

エレベーターのボタンを押しながら高山はいった。幸一の心臓は今にも口から飛び出しそうだが、エレベーターをおりたふたりは四階の応接室に入った。

「お取り引き頂いているのは、手前どもの奥尻支店ですね。大変でしたでしょう。会社は大丈夫でしたか？」

ソファに座るなり、高山は心配そうに尋ねた。

「今は、あとかたもありません」

「そうですか……」

高山は声を落とし、

「テレビでも見ましたが、うちの支店もえらい被害をうけたようです。明和不動産さんの近くにありましたからね」

高山の手には、窓口の女が渡した一億五千万円の通帳が握られている。高山の視線は幸一の靴に向けられ、ヴィトンのバッグとネクタイに移って戻ってきた。

「ところで、社長さんはご無事ですか？」

高山が訊いた。

「それが……残念ながら」

「お亡くなりに？」

「はい」

高山は通帳を開いてじっと見ていたが、社長のほかに助かった役員はいないのかと尋ねてきた。専務だった社長の妻も、帰省中だったひとり娘もみんな死んだと幸一が答えると、

「すると、会社関係で生き残ったのは高橋さんひとりということになりますね？」

「はい。家族経営の小さな会社なので社員はわたしひとりですが、わたしはたまたま出張で札幌におりましたので」

自分だけが助かったことに不審を持たれてはならない。そう思った幸一は、咄嗟に出張だったと口にしたが、高山はそれ以上は訊かず、そうでしたかといって通帳を閉じた。

女子行員がお茶を運んできた。男も一緒に入ってきて高山の隣に座った。総務課長だと

いうその男に、多額の現金をおろしにこられたと高山が幸一を紹介すると、彼はその金額を聞いて驚いた。

「全部いっぺんには、無理でしょう」

「そりゃ、そうだ。経理部に頼んでも無理だといわれるはずだ」

高山は幸一に向き直った。

「高橋さん、わたくしども金融機関は、そう現金をたくさん持っているわけではないんです。一日のうちに置いておく金額は決まっていて、余分なカネは日銀に返します。これはわたくしどもの信用金庫だけでなく、どこの大手銀行さんも同じです。一千万単位ともなれば、事前にご連絡を頂かなければ用意することができません」

それは幸一にとって初めて聞く話だった。

総務部長は二人を見比べながら、

「ところで部長、高橋さんは急にこちらに来られたんですか？」

「うん。お急ぎのようだし、奥尻支店もああなってしまった以上、ここへ来られるのも当然といえば当然だが、ただ、金額が金額なもんでねえ」

「一億四千七百万……ですよね。部長、先方の社長さんに連絡してみましたか？」

「それが、亡くなられたようだ」

「えっ、確かですか？」

「ああ、テレビに名前が出ていたそうだ」

カネを出すのか、出さないのか？　時間とともに幸一の手のひらが汗ばんできた。

「部長、現金じゃなくて預手《よて》ではだめなんですか？」

総務課長がいう預手とは、預金小切手のことである。現金紛失や詐欺などの事故を防止するために古くからある銀行振り出しの小切手のことだ。その小切手を現金化するためには、どこの銀行でもいいが窓口に持っていかなければならない。したがって、盗んだものだとすれば犯人は必ず足がつく。備え付けられた防犯カメラによっても容姿風体《ようしふうてい》が一目瞭然となるのだ。

また、預手は線引き小切手として発行されるのが一般的だ。線引きのないものは窓口ですぐ現金化できるが、線引き小切手は、その場で現金を受け取ることができず、その金融機関にある口座に入金しなければならないのだ。慌てて新規に口座を作っても入金は拒否される。大口の出金に際しては、安全を期して預手を客に勧めるのが金融機関の慣例となっている。

　幸一にとって、それもまた初めて聞く言葉だった。高山部長が丁寧に説明してくれるが、とにかく一刻も早く現金を手にしてこの場から立ち去りたい幸一は、緊張のあまり、途中から吐き気を感じながらも、現金にこだわる理由を必死で考えていた。

「それに、今日は金曜日です。これからすぐに手配したとしても、現金をそろえてお渡しできるのは月曜日になりますが」

　三日も待つことになるのか！　その間に事態が急変しないとも限らない。幸一は気が気ではなくなった。

「すみませんが、そのおカネの使い道をお訊きしてもよろしいでしょうか」

　総務課長が口をはさんだ。

「きみ！　それは失礼だろうが」

　高山は総務課長をたしなめたが、再び幸一に向き直ると、

「高橋さん、気を悪くなさらないでくださいよ。実はわたしも、いま彼がいったように、気になってはいるんです。よろしかったら、何にお使いになるのか、聞かせていただけませんでしょうか？」

　遠慮がちに訊くが、幸一は返答に窮してしまった。

と、そのとき、ある考えが頭に浮かんだ。

「社長が購入した東京の物件の支払いです。——実は、社長の土地が最近売れまして。そのお金が入ってくるのをあてにして、東京の物件を買ったんです。秋葉原の一角にある小さな古い家だと聞いていますが、壊して駐車場にするといっていました」

「ほう、東京にですか」

「はい。それで、今回振り込まれてきた土地代金の一部——一億五千万ですけど、社長はそれをそっくりそのまま不動産屋に払うことにしていました。前もって手付金も払っているようですが」

「全部でいくらか、高橋さんはご存じですか？」

「さあ、それは知りませんが、でも、これで終わりだといっていました」

「そうですか……。で、いつ、それをお支払いに？」

「来週の火曜日です。日柄《ひがら》もいいということで」

カネの用意が月曜日になると聞いたので、咄嗟にひらめいた火曜日だ。

「高橋さんが、その支払いを託されていたということですか？」

「はい」

目の前にいるふたりは顔を見合わせて、

「来週の火曜ですか……。大安かなんかでしょうかねえ?」

総務課長が手帳をだして開き始めた。

幸一は青くなった。日柄がいいなどと、出まかせにいった六曜である。

「なるほど、先勝ですね」

幸一は胸をなでおろした。しかし、

「どうしても現金でなければいけませんか?」

と、再び高山部長が訊いてきた。

「現金を相手の目の前にドンと積む。これが一番の信用になると社長がよくいっていました。今回もそうした思いからだと思います」

高山は思案顔になったが、

「すみませんが、ここで少しお待ちいただけますでしょうか。すぐ戻りますので」

そういって総務課長を連れて部屋から出ていった。

しばらく待っても、高山はなかなか戻ってこない。不安で胃がねじれそうになったとき、ようやくふたりが戻って来た。

「お待たせしてすみませんでした」

高山は申し訳なさそうにいうと、

「高橋さん、実はお願いがあるんです。今ここで奥尻支店の支店長と話して頂けますでしょうか。電話をつなぎますから。――佐伯支店長のことはご存知ですよね？　いや、気を悪くしないでくださいよ。我々としては、通帳と印鑑をお持ちだけでは高橋さんが本当に会社の方であるかどうか……」

幸一は焦った。自分の声を佐伯支店長は覚えているだろうか。それに一億を超す会社のカネをおろすのだ。あんたがそれをおろすのはおかしいじゃないかといわれればそれまでだ。通帳を盗んだんじゃないかと疑われても仕方がない。

とはいえ、同意せざるを得ない。

高山は部屋の隅にある電話を、コードごと引っ張ってテーブルにのせた。奥尻島の佐伯支店長が電話に出ると、スピーカーフォンに切り替えて、幸一に話すよう目で合図した。

「もしもし、高橋ですが」

幸一が恐る恐る声を出すと、

「おォ、こうちゃんか！」

佐伯支店長の大声がスピーカーに響いた。

「聞いたよ、あんた！　たまたま出張だったんだってね。よかった、よかった。こっちは大変だよ。あんたんとこの社長も奥さんも、みんな亡くなられてしまってね」

次いで佐伯は、思いもよらぬことをいいだした。

東京の物件を買ったことは、支店長である自分も社長から聞いていた。多額の現金を持ち歩くのは危険だが、亡くなった社長が先方との約束で現金で払うと決めていたのなら、ぜひともそうしてやってくださいと高山部長に頼んでくれたのだ。

高山と佐伯のやりとりは続いたが、幸一は狐につままれたような思いになった。苦し紛れにいったデタラメが本当だったのだろうか。いや、そんなはずはない。佐伯が話をあわせてくれたのだ。

佐伯の本心は図りかねたが、とにかく彼の助言で幸一は窮地を脱することができた。問題の一億四千七百万円は、月曜日に現金で渡してくれることになった。総務課長の不審は、佐伯との電話で完全に晴れたようだったが、それでも高山部長は月曜までの幸一の滞在先と東京の不動産屋に現金を払ったあとの行き先を尋ねてきた。

ここまできたなら、なんとしても高山に疑惑を持たれてはならない。幸一は高山が差し出した紙に、月曜までの滞在先を函館国際ホテルと書き、奥尻島に戻っても会社がない以上しばらく東京にいるつもりだといって、昨日会った友人の住所と電話番号を東京での滞在先として書いた。スマホの電話番号も訊かれたが、失くしたので新しく買ったら連絡すると答えた。

江差町から函館に戻ると、今朝チェックアウトしたホテルのフロント係は幸一を覚えていた。新たに二泊したいと申し出ると、週末ですからと顔をしかめながらも、なんとか部屋を確保してくれた。

月曜までは有り余るほど時間がある。幸一はタクシーで観光名所の函館山に行ってみた。人がいうように眼下には絶景がひろがっていたが、ふと津波に襲われた記憶がよみがえり、早々に幸一は山を下りてしまった。そのあとは観光客にまじって倉庫街を歩いたり、喫茶店に入ったりして時間をつぶし、夕食に函館名物の塩ラーメンを食べてホテルに帰った。

テレビをつけると、おりしも北海道大地震の特集をやっていた。もしかして、と幸一はそれを見続けたが、母親が見たスマホで撮られたという映像は、最後まで出てこなかった。

月曜日になり、約束の十一時ちょうどに幸一は桧山信用金庫本店営業部を訪れた。男の行員が幸一を応接室に案内し、二枚の伝票を差し出した。幸一はそこに九千万と五千七百万の数字を書き込んで、銀行印を押して行員に返した。行員は通帳と伝票を持って部屋から出ていった。

幸一はじりじりして待つが誰も来ない。しびれが切れかかったとき、現金の到着が遅れましてといって、申し訳なさそうに先日の高山部長が総務課長とともに現れた。高山は大きな紙袋をテーブルの上に置いた。信用金庫の手提げ袋で二重になっている。

「これが一億円です。ビニールパックになっていますが十キロあります。重いですよ」

ついで、総務課長がもうひとつの手提げ袋をあけてみせ、こちらが残りの四千七百万ですといった。幸一が頷くと、ふたりはソファに腰をおろした。

「しつこいようですが、これをひとりでお持ち帰りになるのは本当に危険です。先日も申し上げましたが、わたくしどもの預手になさったほうが……」

総務課長がふたたび勧め、高山もそうだといわんばかりに頷いたが、幸一がそれを拒否すると、高山は幸一の安全を気遣って、役員専用車を出して幸一を空港まで送るようにと総務課長に命じた。

「東京での支払いが済んだあとで、もし、わたくしどもでお役にたつことがあれば、いつでもご連絡ください」

高山はそういって玄関までつきそい、車に乗り込む幸一を見送ってくれた。

函館空港についた幸一は、そこで機内持ち込み用のキャリーバッグを買い、手提げ袋の四千七百万円を移し替えた。一億円はヴィトンのバッグに入れてある。

幸一はしばらく東京にいるつもりだ。新潟に戻って母親にいろいろと詮索されるのも煩わしい。羽田行きの搭乗時刻が近づき、幸一はヴィトンのバッグとキャリーバッグを保安検査場の台にのせ、先に金属探知機を抜けて待っていると、

「とめて！」

突然、画面を見ていた女の係官が声をあげた。

「その荷物、とめて！」

ベルトコンベアがキュッと音をたてて止まった。すかさず年配の男が近づき、机に手をついて女と一緒に画面を覗き込んだ。

男は、幸一のあとに並んでいた人々を別のレーンに移してから、幸一に声をかけた。

「あれは、おカネですね」

「はい」

「かなりの金額のようですが」

「……」

「申し訳ありませんが、ちょっといいでしょうか」

男に促されて幸一はそばの椅子に座ったが、空港警備の警察官がこっちへ向かって歩いてくるのが見える。

「おカネを持ち込んではいけないのでしょうか？」

幸一は平静を装って男に訊いたが、内心は穏やかでない。

「いや、そういうわけじゃありませんが、ただ、お若いのにあまりにもたくさんの現金を持っていらっしゃるので」

「へんなおカネじゃありませんよ。必要があって今日おろしてきたんです。なんなら、銀行に聞いてもらってもいいですけど」

幸一はそういって、胸ポケットから高山営業部長の名刺をとりだした。男は名刺と幸一の顔を交互に見て、

「疑うわけじゃありませんが、もしよければ、そうさせてもらっていいでしょうか。……お急ぎのところ、すみません」

男は警察官に何やら耳打ちして別の場所へ移っていった。幸一の横では、警察官が立ったまま幸一を見おろしている。人々は興味津々で検査場を抜けていった。

しばらくして男が戻ってきた。

「大変失礼しました。このご時世なので、どうか悪く思わないでください」

男は名刺を幸一に返し、警察官も離れていった。

午後二時五十五分、幸一を乗せて飛行機は飛び立った。雨のため上昇中は少し揺れたが、雲を抜けると一気に青空が広がった。

北海道が遠のいてゆく。幸一は、思わず頬がゆるむのを感じた。

4

羽田空港に着くと、エスカレーターで降りる途中でホテルの広告が目に入った。

今日はあそこで泊まろう。行き先が特にあるわけでもない。朝から続いた緊張と、大金を持ち歩く怖さで幸一は疲れていた。ホテルに入ると、まず東京の友人に電話をかけた。

あしたから世話になると伝えると、

「おい、おまえ、今どこにいるんだ？　桧山信用金庫の佐伯という人から電話があったぞ」

と、思いもよらぬことをいった。昨晩のことらしい。高橋幸一さんがそちらへ行くと聞いていますが、昔からの付き合いですかなどと、しつこく訊いてきたという。

「高校の同級生だったことは、いったよ。津波で住むところが無くなったし、働き口も探さなければならないから、しばらく俺のところにいる予定ですといっておいたが……」

「それでいいんだよ、ありがとう。その人は銀行の支店長だよ。会社で生き残ったのが俺ひとりだから、預金をほかに持っていかれるんじゃないかと心配しているんだろう」

「ならいいけど、とにかくヘンなことに俺を巻きこまんでくれよ」

友人はそういって電話を切った。佐伯庄一は、本店から友人の電話番号を聞いて電話してきたのだろう。やはり何かをたくらんでいるに違いない。

友人宅に世話になって二日目のことである。

幸一が、新しいスマホを買って母親に電話すると、すぐ新潟に帰ってこいという。本当に宝くじに当たったのかと何度も訊くが、訊き方が尋常ではない。どうしたのかと訊くと、なんとあの佐伯が突然母親を訪ねてきたというのだ。

幸一が口座開設のときに書いた実家の住所を手掛かりに来たそうで、信子がわけを訊くと、震災後の預金者の保護について幸一の確認が必要なのだが、本人と連絡がとれない以上、親族から預金の確認をしてもらわなければならないといったそうだ。そして、息子さんが突然大金を手に入れたという話はありませんでしたかといい、宝くじのことをどう答えたものかと迷っていると、佐伯は部屋を眺め始めたという。嫌な気がして、早く用をすませてくれというと、佐伯は幸一の普通預金の残高証明書を出して、信子はそこに確認の意味の署名と印鑑をおした。見れば、たいした金額ではないし、それで終わりと思ったが、佐伯は信子の顔をじっとみて、実は息子さんが会社のカネを持ったまま行方不明になっているといったそうだ。

会社でひとり生き残った幸一が、島を出て江差町の本店まで行き、会社の預金のほぼ全額を引き出している。理由はあるだろうが、会社のカネである以上、しかも社長以下役員全員が死亡しているからには、どうしても幸一から詳しく話を訊かなければならない。ただ、日ごろの幸一の誠実な働きぶりをみているだけに、おかしな疑惑がかかっては大変だと思って、銀行の支店長としてではなく個人的にやって来たともいったそうだ。

「とにかく早く帰ってきなさい。あんた疑われているみたいだよ。ほんとうに会社のお金を引き出したの」

「母さん、心配するなって。社長にいわれてやったことだし、何もうしろめたいことはないよ。それより母さん、宝くじに当たったなんていってないだろうね」

「いうわけないだろ、そんなこと」

「ならよかった。とにかく佐伯支店長には気をつけなよ。あの人いろいろと問題があるんだ。今度来たら、息子からは一切連絡がありませんのでといって追い返したほうがいいよ」

電話を切った幸一は、まだ現金に換えていない二冊の通帳のことが気になった。社長個人の通帳と妻の通帳である。残高はそれぞれ百五十三万円と二十八万円だ。幸一はこれを引き出してしまおうと思った。

キャッシュカードを使ってみるか――。億のカネを処理した幸一にすれば、ふたつの通帳のカネは、万がいち引出しに失敗したとしても諦《あきら》めのつく金額だった。

幸一は近くの信用金庫を探すことにした。桧山信用金庫も全国ネットに加入済みで、ほかの金融機関のATMでも出金が可能なはずだ。

歩きながら幸一は、妻の分からやってみようと思った。生年月日は知っているが、あれだけ孫のありさを可愛がっていたから、暗証番号はありさの生年月日かもしれない。失敗してロックがかかっても、たかが二十八万だ。

幸一は新宿駅西口にある東京中央信用金庫のＡＴＭの前に立った。百円ショップで買った老眼鏡をかけ、まず自分のキャッシュカードを入れてみた。できるだけ下を向いてボタンを押す。

ズズッと音がして、うまく千円札が一枚出てきた。さあ、つぎは本番だ。

幸一は、社長の妻名義のキャッシュカードを差しこんで、ありさの生年月日をいれた。すると、

「お取り扱いができません。窓口にお越しください」との表示である。

幸一は思わず息をのんだ。

「暗証番号が違います」ではないのだ。

自分のカードを入れて暗証番号をわざと間違えてみると、今度は「暗所番号が違います」の表示が出るのだ。

幸一は急いでＡＴＭを離れた。

と、そのとき、脳裏に佐伯庄一の顔が浮かんだ。彼が支払い停止をかけたのかもしれない。

幸一は亡くなった社長がいっていたことを思い出した。五十一歳の佐伯は、かなりのや

り手で、本部でも強い影響力を持っていたが、なんらかの不祥事で奥尻支店に飛ばされたらしい、何を考えているかわからない男だから気を付けろよ、と。

5

大量の現金は、どこへも預けずに、友人宅にそのまま置いてある。銀行に預けようにも、奥尻島の免許証では東京で新規に口座を作ることはできないからだ。郵便局でも銀行でも必ず本人確認が求められ、居住地以外で預金口座を開くことは不可能である。キャッシュカードで失敗した幸一は、急いで下北沢の友人のマンションに帰った。

部屋に入った瞬間、ポケットのスマホが鳴った。

「幸一くんか？」

出ると突然名前を呼んでくる。

「俺だ。佐伯だよ」

「……」

もしかしたらと、不安を感じていたその男からの電話だ。どこでこの番号を知ったのだろうか。幸一は黙っていた。

「おい、いま、どこにいるんだ？　聞こえてんだろ？」

　幸一はしかたなく、東京にいると小さな声で答えた。

「携帯の電源ぐらい入れておけよ。ずっとつながらねえじゃないか！　まあ、いい。それより、いいか、よく聞けよ。あんたがおろした会社のカネは、本当は払うことができなかったんだぞ。地震のあと、俺たちはすぐに別の信用金庫さんの一角を借りて業務を再開したんだがな、カネをおろしに来る人間には特に気をつけろと本部から指示が出ていたんだ。そんな中でだ、あんたにカネをつかませてやるのに俺がどれだけ苦労したか。えっ、わかるか、おまえ！」

　居丈高でぞんざいな口調だ。とても銀行の支店長の言葉とは思えない。

「幸一くんよ、あんたと本店で直接電話する前にな、営業部長の高山が俺に電話してきたんだ。ひとりだけ生き残ったのがいて、それも一億を超える会社のカネを窓口でおろそうとしている。しかも現金でだ。社長さんに頼まれて東京の不動産屋に払うカネだといっているが、知っているかってな。おまえもよくでまかせをいったもんだ。――おい、聞いてんのか？」

「……はい」

「あんな時はな、普通だったら銀行は絶対に払いやしない。そこを俺が助けてやった。わかるか、幸《こう》ちゃん」

　佐伯の声を耳で聞きながら、幸一の胸は動悸を打ち始めた。

「それに、あんたが会社の通帳と印鑑を持って札幌にいて助かったということも、大いに怪しんでいた。なんであんたが札幌にいる必要があったか。えっ、そう訊かれたら、どう答えるつもりだったんだ？」

　幸一は返答のしようがなかった。

「おい、そこにメモがあるか。これから俺がいうことをしっかり頭に叩き込んで、いつ、誰に聞かれても、たとえ夢ん中でも、おんなじストーリーがいえるようにしておくんだ。そうじゃねえとおまえ、つかまるぞ。いいな！」

　そういって佐伯は次のように話し始めた。

　幸一の会社の社長は、札幌の知り合いに五千万の借金があった。むかし競馬に入れ込んでいたとき、関西の馬喰《ばくろう》に騙されて高い馬を買わされた。だが、その馬はメジャーなレースで一度も入賞できず、えさ代、調教師に払うバカ高い預託費用、それに移動費などで費用はかさむ一方だった。そのうち、出費が稼ぎの範囲を超え、やめておけばいいものを社長は知人から借金までして馬道楽を続けた。だが、そのうち立ちいかなくなって、ついに馬を手放すこととなった。

知人からの借金は数年がかりで返したが、大口である札幌の友人から借りた五千万がまだ残っていた。その件で、社長は地震があった日に札幌で彼と会うことにした。レアメタルの土地が売れ、借金が返せる目途《めど》が立ったからだ。そのことを彼にいうと、新聞に載らないようなことを信じられるかと彼は訝《いぶか》ったが、ならば証拠を見せようと、社長は通帳を持って札幌に行くことにした。

しかし、当日の朝、あろうことか社長は心不全を起こして倒れてしまった。以前にも救急車で運ばれたことがあり、心臓が悪いのは町の誰もが知っているが、何度も男との約束を反故《ほご》にしている社長は、どうしても札幌に行かなければならない。

妻は入院した社長についていなければならず、娘が行くといっても、相手は金融業を営む元ヤクザだ。面識もないし、力づくで通帳を奪われでもしたら大変だと社長は心配した。その点、幸一ならその男に一度会っているし、日ごろの仕事ぶりや生活態度からして大いに信用できる。社長は幸一にかわりを頼み、男に会ったら通帳を見せてこういえといった。

この一億五千万は、今回は、東京で買ったマンションの支払いにあてさせてもらいたい。そのかわり、十二月に同じ金額が振り込まれるから、即刻五千万をお返しする。申し訳ないがそれまで待って欲しい。レアメタルの採掘権を担保に入れてもいい――と。

また、もし男に、少しでも払っていけといわれたら、翌日《よくひ》に彼をつれて江差町の本店へ行って三百万だけ渡してやれと、そういって社長は印鑑と通帳を幸一に渡したのだ。

こうした経緯があって、幸一はその日に通帳を持って社長のかわりに札幌にでかけた。男と会ったのは夕方で、その日は帰れないから札幌に泊まった。そして、その晩、あの大地震が起きたのだ。社長とは連絡がつかなくなった。翌日になっても、社長の妻にも娘にも連絡がとれない。奥尻島に帰ろうにも帰れない。青苗地区は壊滅的な被害を受けてあらゆる交通手段が不通となっていたからだ。

為す術《すべ》も無く悩んだが、とにかく通帳にある大金は、社長が東京の不動産屋に払うべきカネで、社長が払えなければ自分が払うしかない。幸一は札幌にとどまって社長からの連絡を待ったが、待てども来ず、そのうちテレビで社長が死んだことを知った。やむなく幸一は、自分が江差の桧山信用金庫本店に出向いて、東京の不動産屋に払う一億五千万円を現金でおろさなければならなくなったのである。

佐伯支店長は、こうしたストーリーをゆっくりと話してきかせ、幸は耳を傾けながらメモをとった。

「いいか、いま俺がいったことをしっかり覚えて、その通りだと信じ込むんだ。寝ぼけていても、間違えずにいえるようにしておけ。おまえだって刑務所なんかには入りたくねえだろう」

佐伯は念をおしたあとで、

「さあ、ここまで話したんだ。幸《こう》ちゃん、俺にも少しは分けてくれるよな」

と、急に甘い声を出した

「まさか独り占めってことはねえよなァ。いくらよこすつもりだ？」

「……」

「おいおい、おまえだって、こうなることぐらいわかっていただろう？」

「いや、そんな……」

「とぼけるんじゃねえぞ」

声が再び荒くなった。

「フン、まあいい。ゆっくり考えて、決まったら電話くれ。あ、それとなァ、いくら電話を換えても、番号ぐらいすぐにわかるからな。なんでもカネ次第ってことだ。覚えておけ！」

佐伯は返事を待たずに電話を切った。

幸一はしばらく一点を見つめていたが、耳から脅しの言葉がはなれない。カネを横取りされる不安もある。

幸一は、ふと、気晴らしに歌舞伎町とやらへ行ってみようと思った。そこが遊ぶ所だとは知っている。きれいな子もきっといるだろう。カネの心配はない。

高校時代はバスケットボールのほうが面白くて女に関心をもつことはなかったが、華やかさとは無縁の奥尻島へ行ってカネが少しずつできてくると、幸一は彼女が欲しいと思いはじめていた。

新宿へ出て、慣れない足で店に入ると、相手をしてくれたのはサオリという女だった。ほっそりしているが、顔はポッチャリで幸一の好みだ。背も高く、並んでみると幸一より少し低いだけだ。歳を訊くと二十六歳。幸一より五つうえだ。

楽しい時間を過ごし、幸一は気分が軽くなった。それに、ずっと一緒にいてくれたサオリが、帰り際には、自分の名前は松島彩恵子《さえこ》だと本名を名乗って幸一の手を握ってくれたのだ。

その後、幸一は友人宅を出てホテル暮らしを続けながら彩恵子の店に通い続けた。店の外でも頻繁に会うようになり、何度目かのデートのときである。食事を終えて銀座のレストランを出ると、彩恵子は歩きながらいった。

「おカネがあるって、いいわよねえ。――わたしんちは貧乏でさあ。父さんは大工で、夜遅くまで働いてくれたけど、借金もいっぱいあってね。母さんはさ、スナックで働いていて店の近くのアパートに住んでいたから、わたしは家のことで遊びにも行けず、料理と洗濯ばっかり。子どものやることじゃないよね」

「彩恵ちゃんの田舎はどこ？」

「山形。でも、市内じゃないよ」

「兄弟は？」

「弟がひとりいるけど、中学のころから不良グループの仲間入り。わたしが東京へ来てから弟もこっちへ来たらしいけど、今はどこで何をしているのか……」

彩恵子いわく、家族で顔を合わせるのは、盆と正月だけだったが、ある年のこと、盆休みで帰ってきた母親が、かかってきた一本の電話でさっさとアパートへ帰ってしまい、そのまま二度と戻ってこなかったそうだ。当時の彩恵子は中学生で、子どもの目にも、母親に男ができたのはわかったが、父親は連れ戻しに行こうとはしなかったという。

「意気地のない父さんだと思ったけど、母さんのことがほんとうに好きだったみたいでさ、その後、母さんが男と別れて、また一緒に暮らしたいなんて虫のいいことをいってきたとき、喜んで駅まで迎えにいってさ。バカだよね、まったく！　もう腹がたって、腹がたって。今もふたりの借金を、わたしがどれだけ苦労して返しているのか、まったくわかってないんだから！」

そんな話を聞かされた幸一は、彩恵子がかわいそうになった。

数日後、一緒に暮らさないかと同棲を持ちかけたが、迷惑をかけるわけにはいかないと彩恵子は遠慮した。だが、幸一が武蔵小杉にマンションを借り、家具もそろえてやると、今度は喜んで引っ越してきた。

ふたりで暮らすようになってまもなく、幸一は佐伯庄一に呼び出された。口止め料の返事を延ばしているうちに、しびれを切らした佐伯が北海道から東京へ出てきたのだ。

待ち合わせ場所のホテルで待っていると、佐伯が背広姿で入ってきた。幸一をチラとみたが、そのままフロントでチェックインを済ませ、エレベーターで上にあがると、ラフな格好に着替えておりてきた。

　ふたりは外に出た。

「さっさと連絡をよこすべきだろうが！　なんなら警察に突き出してやってもいいんだぞ！」

「……」

　佐伯が険しい目を向けていった。

「で、どうした、あのカネ。おまえにとっちゃ、見たこともねえ大金だろうが」

「おい、免許証を出せ」

　幸一が免許証を渡すと、佐伯はそれを見てフッと笑った。

「これじゃどこへ行っても口座は作れねえな。カネはまだ手元にあるってわけか」

　佐伯は幸一の肩に手をまわした。

「なあ、半分とはいわんよ。俺はカネに困っているわけじゃねえ。それにな、銀行の支店長だからヘンなうわさがたっても困る。――どうだ幸ちゃん、二千万で手を打とう。それであとはもう、きれいさっぱりだ」

　佐伯はさらっといってのけた。

「カネはどこにあるんだ？　さ、今から取りに行って、さっさと渡してくれ」

二千万といえば大金である。しかし、それでかたがつくなら、すぐにでも払って佐伯とは縁を切りたいと幸一は思った。今までは一千万という金額は想像すらできなかったのに、億というカネが手に入ると、二千万ときいても、まあいいかという気になってしまう。

「なあ、幸ちゃん。俺は今日中に北海道へ戻らなきゃなんねえんだ、俺も一緒に行くから、早く終わらしちまおう。な」

結局、幸一は佐伯を武蔵小杉の駅で待たせて、マンションからカネを取ってくると、一千万円を佐伯に渡した。

「おい、こりゃ半分じゃねえか。もう一千万はどうした？」

「残りは来月にしてください」

「なんだと？」

「また東京にきてください。そのとき渡します」

佐伯はチッと舌打ちをして、

「しょうがねえな。だが、忘れんなよ、幸ちゃん。約束はちゃんと守るんだぞ。俺は仕事がらヤクザにもたくさん知り合いがいるからな」

佐伯はすごんでみせると、

「来月また来るから、そのときに最後の一本だぞ。来る日は電話で知らせる。いいな」

そういい捨てて改札を抜けていった。

一緒に暮らしている彩恵子は、今までどおり歌舞伎町での仕事を続け、最終電車で帰ってくるのが日課になっていた。俺もそろそろ働かなくてはなるまいと、幸一がハローワークに行ってきた日のことである。家に帰ると、彩恵子が指にはめたダイヤの指輪を見せた。

「一カラットもあるのよ。ね、すごいでしょ！　今日届いたの。通販で買っちゃった」

幸一は彩恵子が望むものは何でも買ってやった。そんな幸一のカネの出どころが気になったのか、働かなくていいのかと一度だけ訊かれたことがあったが、おやじが特許を持っていて、その使用料が入ってくるというと、納得したようだった。

幸一にとって彩恵子は初めてできた彼女で、人生初の「女」でもある。気が回り、よく尽くしてくれる彩恵子に幸一は満足していた。ただ、ときおり他人に対してヤンキーのような口調で電話をすることがあり、注意することがあった。

月が替わり、彩恵子と映画にでも行こうかと話していると、突然、佐伯庄一から電話があった。あさって東京へ行くからそのときにカネを渡せという。先月末に一千万円を渡し、今月も月末頃に上京してくると思っていたが、やけに早い。しかし、断るわけにはいかないのだ。

二日後、幸一は佐伯に会って一千万円を渡した。

「安心しろ、このことは誰も知っちゃいねえ。ムショ暮らしにならなくてよかったなぁ」

佐伯は上機嫌になって帰って行った。

これでもう脅されることはなくなったと安心して家に帰ると、彩恵子の様子がいつもと違う。何かいいたそうに顔を向けるが、すっとテレビに顔を戻す。気のせいかと思ったが、ふと幸一は、洗面所の点検口に隠したリュックサックとバッグが気になった。

「彩恵ちゃん。悪いけど、ローソンの唐揚げを買ってきてくれるかな？　あれ、うまいから、彩恵ちゃんの分も買ってきな」

ローソンは近くにある。彩恵子が出かけると幸一はすぐに点検口をあけた。手をいれると、ヴィトンのバッグがずれている。リュックサックの位置も違う。急いでふたつをおろすと、バッグのチャックがしまっていた。隙間をあけておいたはずだが、それがきっちりとしまっているのだ。

彩恵子が見た！

幸一はバッグの札束を急いでかぞえた。胸の動悸が高まるが、カネは減ってはいない。リュックのなかの札束もかぞえてみたが、これも減ってはいない。まさかと思って、奥にある手帳をひらくと、はさんでいたシオリの位置が違う。手帳には、ありさを置いてきた交番の名前や、信用金庫本店でのやりとり、それに佐伯庄一とのことが事細かに書いてある。今日の日付には、佐伯と会う場所や、これで二千万がおわるとも書いてあるのだ。

チャイムの音がして彩恵子が帰ってきた。

彩恵子は買ってきた唐揚げを皿に移して幸一の前に置くが、幸一の彩恵子に対する気持ちは一挙にさめていた。

翌朝、彩恵子がまだ深々と眠っているのを確かめると、幸一は点検口からリュックとバッグをおろして、そっとマンションを出た。服はいっさい持たなかったが、そんなものはあとで買えばいい。とにかく今は彩恵子から逃げなければならない。彩恵子に秘密を知られたことが怖いのだ。

どこへいく当てもない幸一は、武蔵小杉の駅から川崎行きの南武線に乗った。朝の電車は混んでいて、吊り革につかまっているとポケットの中でスマホが震えた。マナーモードにしていたが、やんだと思うとまた震えだす。そんなことがしばらく続いたが、電話はすべて彩恵子からだった。

幸一は終点の川崎駅で降りた。マクドナルドで朝のメニューを食べていると何度もスマホが震えた。幸一は残されたメッセージを聞くことなく消し去った。

しばらくして外へ出ると、通勤の混雑は一段落していた。幸一は京浜東北線に乗って横浜方面へ向かった。横浜駅で京浜急行に乗り換え、なんとなく降りた上大岡駅の近くでホテルを見つけ、そこにしばらく滞在することにした。

翌日も彩恵子から三回ほど電話があったが、いずれも出ないでいると、諦めたらしくスマホは静かになった。

それから四日ほど経ち、幸一はそろそろ別の街に移ろうと思った日のことである。しばらく電話のなかった彩恵子が電話してきたようで、留守電にメッセージが残っていた。恐る恐る聞いてみると、

(わたし、ずっと電話待ってたの。無視されるのってツライのよねえ。——でも、いいわ。これを聞いたら、幸ちゃん、普通じゃいられないと思うから)

幸一は驚いた。こんな声を出す女だったろうか。全く別人のような、人を脅すような声である。

（幸ちゃん、佐伯さんって知ってるわよね。あなたがおカネを渡した人よ。そう、銀行の支店長さん。そのひと、死んだから）

死んだ？

（ふふ。これで、あなたの秘密を知っているのは、わたしだけよね。——こんど電話するけど、その時は出たほうがいいわよ）

留守録はそこまでだった。幸一は、思いがけない展開と彩恵子の声で背筋が寒くなった。と、すぐにスマホが震えた。その彩恵子からの着信だ。

「あら、やっと出たわね」

「……」

「わたし、あのひと、殺したから」

「なにっ！」

「なぁんちゃって。そんなことあるわけないじゃない」

彩恵子は、幸一にすぐ会いたいといった。明日にでも会いたいというが、幸一は断った。しかし、それならあらいざらい警察に話すと脅され、仕方なく幸一は会うことにしたが、彩恵子との話を終えたあとで、幸一は気になって桧山信用金庫の奥尻支店へ電話を入れてみた。佐伯支店長につないでくれと頼むと、別の男が出てきて、支店長は亡くなられましたという。

詳しく訊こうとしたが、その行員は、新聞に出ていたと思いますがとだけいって、それ以上は教えてくれなかった。

彩恵子の話は本当だったのだ。

驚くというよりも喜びがこみあげてきた。もはや脅されることはないのだ。ありがたいことに、佐伯の死が幸一の頭から離れなかった闇を一瞬のうちに払ってくれた。だが、念のため確かめておこうと、幸一は虎の門にある北海道新聞の東京支社に行った。東京支社では一ヶ月分の新聞をためてあり、幸一は、佐伯が亡くなったという日からあと一週間ぶんの新聞を購入してその記事を探した。

おくやみ欄に佐伯の名を探してみたがそこにはなく、なんと、社会面に事件として扱われていた。東京のホテルで不審死を遂げていたのだ。二日前のことである。

喜びも束の間、不安が頭をもたげてきた。不審死であれば当然行政解剖が行なわれる。そこで他殺の疑いありとなれば、これまでの経緯《いきさつ》からして東京にいる自分にも捜査の手がのびる可能性があるのだ。

幸一は心穏やかではいられなくなった。そんな気持ちのまま、翌日の夕方、幸一は新宿の喫茶店で彩恵子と会った。

「ねえ、幸ちゃん。もうわたしのこと嫌いになった？　……ごめんね」

彩恵子は甘い声を出した。

「また一緒に暮らさない？」

幸一は答えずにいると、彩恵子は、自分が店を辞めたこと、幸一が借りてくれたマンションを出たことを話し、リュックやバッグを見たのは、あまりに若いのに何か犯罪に巻き込まれているのではないかと心配になって、それであちこち家捜しをして見つけたのだといった。決して悪気があったわけじゃないと、自己弁護にも延々と時間を費やした。

「もう、いいかな。……おれ、帰るよ」

幸一は立ち上がって伝票をとり、彩恵子を残して店を出た。

身に覚えのない容疑で身柄を拘束されないように、秘密を知られた彩恵子とも二度と会うことがないように、幸一はできるだけ遠くへ行こうと思った。

6

銀行の支店長が東京のホテルで死んだというニュースが流れた日、小樽新報社の記者境《さかい》川権蔵《がわごんぞう》は、焼け跡が残る奥尻島を二度目の取材で訪れていた。

名前通りのいかつい男で、齢は四十二歳、背は百六十センチそこそこだが、がっちりとして、浅黒い精悍な顔つきをしている。七つ下の妻泰子《やすこ》とは恋愛結婚で、今も仲がいい。ふたりに子どもはいない。

小樽新報社に勤めて二十年だ。以前は東京の広告会社にいたが、上司とのいさかいをきっかけに東京暮らしに嫌気がさし、泰子をつれて北海道へやってきたのだ。

記者見習いとして採用され、その後は正義感あふれる記事を書き続けたが、その小樽新報社も時代の波におされて傾きはじめ、今では七十歳になる社長と六十をすぎた編集長、お茶くみのパートのばあさん、それに、行く先がなくて無理やり押しかけてきた三十五歳の司法試験くずれと、全部で五人の社員がいるだけだ。

自宅は、高い土留めの上に建つ古い四階建てのマンションだ。築後四十年も経っているのに、一度もリフォームされたことがない。だが、見晴らしが良く、さえぎるものが一切ない。配管から水が漏れたり、風呂のボイラーが壊れたりすることはあるが、極端に安い家賃と景色の良さは何ものにも代えられない。そういう者たちが住んでいるのだ。大家《おおや》は人のいい赤ら顔の男で、酒の一本ですぐに賃料値上げの話は引っ込める。

奥尻島での取材を終えた権蔵は、小樽へ帰るカーフェリーのなかで壁によりかかって本を読んでいた。

「おれ、生きてると思うんだがなあ」

ふと、声がきこえた。

「また、その話か」

そばにいる若い男のふたりづれである。

「だって、ほんとうに見たっていうんだぞ」

「不動産屋の若いのが抱いてたっていうんだろ？　でもな、おまえ、よく考えてみろ。そんなちっちゃな子を母ちゃんが手放すと思うか。母ちゃんは沖であがってるんだ。その子も海んなかだ」

「もし、生きてるのに死んだことにされたらどうなるんだ？」

「そんなこと、オレ知らんよ」

奥尻島では、津波でさらわれた者や家の下敷きになった者のほかに、その地震で起きた火事の犠牲者もいて、三十人ほどが今も行方不明となっている。

「見まちがいだろうか？」

「もうやめろってば。ありえねえっていってんじゃねえか」

相手の男は週刊誌をたたんで、うんざりした表情でいった。

権蔵は読んでいた本を閉じた。船尾の自動販売機から缶コーヒーをふたつ買ってきて、ふたりに声をかけた。

「すみません。さっきちょっと耳にしたんですが、あの話はどういうことですか？」

ふたりは怪訝そうに権蔵を見たが、権蔵は記者だと名乗ってコーヒーを渡した。

彼らがいうにはこうだった。

片方の男の彼女がコンビニで働いているが、その店に、里帰りした不動産屋のひとり娘が幼娘《おさなご》を連れてよく買い物に来ていたという。一歳くらいのその子は、ありさという名前で、とてもかわいいのでよく覚えていたそうだ。

あの地震のとき、男の彼女は高台へ逃げ、そこでその子を見かけたそうだ。赤ちゃんが激しく泣くのでまわりを見ると、若い男が懸命にあやしている。不動産屋の子だと気づいて助けてやろうと近寄ると、迷惑そうにスッと離れていったという。そのとき垣間見た子が、コンビニに来たありさちゃんによく似ていたというのだ。彼女はテレビでその子が死んだと名前がでると、違う違う、絶対に生きていると、彼氏にいったそうだ。

権蔵は話を聞いて、見間違いじゃないかと思った。地震が起きたのは夜である。街は停電し、高台の公園だって暗かったはずだ。彼女は津波で動転していただろうし、冷静にその子を識別できたかどうかは疑わしい。権蔵は礼をいって二人のそばを離れた。

権蔵の乗ったフェリーは一時間半で瀬棚《せたな》港についた。

権蔵は駐車場にとめた車で三時間の道のりを運転して小樽に帰った。家の湯船につかり、島で会った人々を思い浮かべながら記事の構成を考えているうちに、つい長風呂になってしまった。

「大丈夫？」

泰子が心配して外から声をかけた。泰子はいつも権蔵を気遣ってくれるのだ。

結婚が決まったとき、おまえに泰子さんはもったいないとあちこちからいわれた。権蔵が威張れるのは背の高さだけ。それも二センチ高いだけだ。下駄顔で浅黒の権蔵に、小顔で色白の妻。ブ男に天女。結婚式では豚に真珠とひやかされた。

「わたしたちって幸せよね」

夕食を食べながら泰子がしんみりといった。

「おいおい。急にどうした？」

「今日、函館の友達から電話があってね。高校のとき、いつも一緒だった子が死んだと教えてくれたの」

「病気か？」

「ううん、違うの。奥尻島に帰っていて、津波に呑まれたんだって。ほら、お正月に年賀状を見せたとき、きれいな人だなっていっていた、あの美子《よしこ》ちゃん」

権蔵は覚えていた。

「赤ちゃんを抱いていた人か？」

「そうそう、その人。彼女のお父さんもお母さんも、連れていった赤ちゃんも、みんな死んだんだって」

「ご主人は？」

「仕事で秋田に残っていたんだって。里帰りしたのは美子と赤ちゃんだけ」

「ほかにこどもは？」

「いないって」

「ご主人ひとりだけ生き残ったわけか……。いいのか、悪いのか」

権蔵はグラスを置いて、料理に箸をつけた。

「でも、不思議よね」

泰子がいった。

「権蔵さんが奥尻島へ行った日に、奥尻島で死んだ美子のことを函館の友達が知らせてくるなんて」

「その子の家はどこだ？　わかっていれば行ってくるんだった」

「行っても無駄。青苗地区で、影も形もないんだから」

「青苗か。あそこで、漁船がまだ腹を見せてひっくり返っていたよ。その子の家も漁師さんか？」

「違う。たしか不動産屋だったと思うわ」

権蔵の箸が止まった。

にわかに、フェリーで会った若者のことが思い出され、権蔵はハンガーにかけたジャケットから手帳を取り出した。そこに青苗地区の主な被災者の名前が記してある。

「その不動産屋の名前、わかるか？」

泰子は首を横にふった。

「死んだ子の旧姓は？」

「小原だけど。小原美子」

権蔵が手帳を見ると、〈奥尻明和不動産、社長は小原光男〉と書いてある。フェリーの中で、あのふたりが話していたのは、いま泰子が口にした一家であり、見たという赤ん坊は美子の娘のことかも知れない。

「おい、ちょっと俺の話を聞いてくれ」

そういって権蔵は、船で聞いた話を泰子に聞かせた。

7

冬の海は荒れていた。

寒風が吹きすさび、猛り狂う波は山のようにせり上がり、向かい来るすべてのものに牙をむく。そんな中を、権蔵が乗っているカーフェリーが奥尻島へ向かって航行を続けていた。

この前は、瀬棚港から乗船して奥尻島へ行ったのだが、その航路は冬期間のため閉鎖され、今回は江差港からの乗船となった。前より一時間も長く乗っていなければならない。

権蔵は出航前から気分が悪かった。

昨晩は、東京の昔の仲間がたまたま仕事で小樽に来たというので、誘い出されて懐かしさのあまり深酒になってしまった。朝から頭が痛く、胃もむかむかしている。権蔵は目を閉じ、ときどき胸を突き上げる不快感に耐えながら、体に伝わってくるエンジンの響きに身をまかせ、だだっ広い船室の一角で毛布をかぶって冬眠中のクマのようにじっとしていた。

思えば、泰子から小原美子の死を聞いてから三ヶ月もたっている。すぐに調べてみようと思ったのだが、おりしも小樽管内で殺人事件が発生し、その事件に時間も心もとられていたのである。

生活に行き詰まった父親が、家族五人を道連れに凶行に及んだ事件である。しかし、思いを遂げることができず、自分と長女だけが助かってしまった。重傷を負った娘は、公判で父親に極刑を求めながらも、次第に自分の知らなかった父親の姿を知るようになり、最後は涙ながらに父親に許しを求めていた。

ふと、権蔵は目をあけてバッグを引き寄せた。

ノートを取り出したが、そこに小原美子と娘のありさが写っている年賀状が挟んである。

権蔵はそれを手に取った。これを見たとき、わたしもこんな年賀状が作りたかったと泰子がいっていた。子どものできない泰子にしてみれば、子どものいる家族が羨ましかったに違いない。

（家族……か）

ふたたび、先の小樽での事件が思い起こされた。

凶行に及んだ父親と生き残った長女以外の家族、すなわち妻やほかのふたりの子どもはカネがないのに遊びほうけていたのである。父親は、どんなに苦しくてもカネは稼ぐもので生活保護を受けるなどしては申し訳ないと、昼夜を問わず懸命に働き続けた。それでも稼ぎが足りないと罵《ののし》られた彼は、とうとう耐え切れずに心中を強行してしまったわけだが、子どものいない権蔵にしてみれば、自分は妻と二人だけの生活を考えればすむ。子どもがいないことは寂しいが、考えようによってはむしろ幸せなのかもしれないと思った。

午後三時をすぎて、船は奥尻島に着いた。

遠く離れた場所で腹を見せていた漁船は姿を消し、一面が殺伐としていた青苗地区は、いまは雪化粧で美しくさえ見える。ところどころに家も建ち始めていた。

権蔵は泰子から聞いた番地を探し当てたが、そこは更地《さらち》になっていた。ふと顔を横に向けると、子どもを連れた若い母親がこちらに向かってくる。

「すみません。ちょっとお訊きしたいことがあるのですが」

権蔵が声をかけると、

「なんでしょうか？」

と、女が足をとめた。権蔵は更地を指さして、

「そこにあった不動産屋のことですが、ご存じでしょうか？」

「あぁ、小原さんちのことですか？」

「はい。実は、わたしの妻と、そこの娘さんが高校の同級生だったもので」

「そうですか……。でも、小原さんとこは、みなさん亡くなられましたけど」

それは権蔵も知っている。訊きたいのはありさが死んだかどうかである。

「ちっちゃなお子さんがおられたとか」

「ええ、娘さんの子です。でも、その子も亡くなってしまって」

「関係者の中で、だれか助かったかたは？」

「さあ、そのへんはわかりませんが」

子供が母親の手を引っ張った。話はそこまでだった。

近所の者がそういうのだから、やはりありありさも死んだのだろうと権蔵は思った。だが、もう一軒だけ話を訊こうと歩いていると、信用金庫の看板が目に入った。桧山信用金庫奥尻支店とある。津波でだいぶやられた痕跡《あと》があったが、不動産屋があった場所からそう離れてはいない。ひょっとすると取引があったかもしれないと、権蔵はそこで話を訊くことにした。

新聞記者だというと、支店長が相手をしてくれたが、震災当時の支店長は亡くなったというのみで、病気ですかと訊いても答えてくれない。不動産屋と取引きがあったかと訊くと、支店長は頷いた。

「でも、もう、あの不動産屋さんはありませんよ。社長さんも奥さんも、それに、運が悪いとでもいいましょうか、たまたまこっちに帰ってきた娘さんも、連れてきた赤ちゃんも亡くなってしまったんです」

「その娘さんは、たしか美子《よしこ》さんという……」

「ええ、そうです。秋田に嫁いだひとり娘さんです」

「その明和不動産に、若い男の社員さんはおられましたか？」

フェリーの中で、男たちが話していた不動産屋の若い男とは、そこの社員ではないだろうか。

「はい、ひとりだけ」

「つかぬことを伺いますが、その人も死んでしまったんでしょうか。避難先の公園で見かけたという人がいるんです。その人の名前をご存じですか？」

「いや、わかりません。亡くなった前の支店長なら知っていると思いますけど」

「知らないってことはないでしょう。今も娘さんの名前をおっしゃったばかりですよ」

すると、支店長はムッとした顔になり、

「すみませんが、もういいでしょうか。締めの数字をあわせなければなりませんので」

と、帰れといわんばかりに壁の時計に目をやった。権蔵はそんなことはおかまいなしに繰り返した。

「もう一度お訊きしますが、その助かったという人の名前を教えてくれませんか」

「申し訳ありませんが、それはできません」

「いえない理由でもあるんですか」

「いいかげんにしてください！」

支店長は声を荒げた。

「ひとさまのことを、わたしがペラペラ話すわけにはいきませんよ！　それに、いったいあなたは何を書こうとなさっているんですか。連絡もなしに来られて、あれはどうだこれはどうだとお訊きになるのは失礼じゃありませんか」

もはやこれ以上の収穫はないだろうと、権蔵は手帳をとじて信用金庫をあとにした。

翌日、権蔵は再び不動産屋の跡地を訪れた。となりも更地になっていたが、そこで高齢の男女が話をしている。更地の持ち主だという。

長いあいだ洋服屋をしてきたが、そろそろやめようと思っていた矢先に地震にあったそうだ。孫に会いに行っていて助かったが、ここを売って息子夫婦と一緒に本州で暮らすつもりだという。

「その人ならよく知ってますよ。いい子でねえ。高橋幸一というんです」

権蔵が不動産屋で働いていた男の名前を尋ねると、やせた老人はすぐに教えてくれた。

里帰りしていた娘のことを尋ねると、

「ええ、親思いの娘さんでねえ。ひとつくらいのお嬢ちゃんを連れて帰ってこられたんですが、一家全員が津波で流されてしまいまして……。あとから沖であがったんですが、お嬢ちゃんだけがまだ見つからないそうで。なあ」

男が妻に目をやると、妻はゆっくりと頷いた。

「早く見つかればいいのに。きっと手を放してしまったんだわ」

「ほんとに、もう、かわいそうで。長い間お子さんができなくて、生まれたと聞いてわたしらも喜んだんですよ。かわいい子で、いつもママ、ママとベッタリでなあ」

三人は押し黙った。

「それじゃ、ま、ごめんください」

夫は妻の手をひいて立ち去った。

不動産屋の若い男の名前はわかった。新潟から来た人物だとも教えてくれた。震災後は彼の姿を見かけないと老夫婦はいったが、たぶん実家に帰ったのだろうと権蔵は思った。

電線を鳴らす強い風はまだ吹いていた。

（帰るとするか……）

権蔵の胸にあったありさ生存の思いは、風に運ばれて薄れていった。

8

時は流れ、震災から十年あまりが経った。

震災当時、交番前に置かれたありさは、警察の手によって乳児院に預けられたが、その後、こどものいない中島夫妻に引き取られ、今は中島佑子という名前で東京の小学校に通っている。大学まで一貫教育を行なう有名な私立学園で、佑子はそこの小学五年生である。身長は高いほうで運動が大好き。そのうえ成績もよくてかわいいというから、クラスでは人気ものだ。

顔は父親にも母親にも似ていなかった。それもそのはず、両親は育ての親であるから当然で、強いていえば父親に似ているとみる人もいる。

父親は、東京が市であったころからの資産家で、新しく世に出たテレビゲームの会社を興したが、時代の波にのって、これもまた彼の一族のカネを増やすことになった。名前を中島純一といい、ありさを引き取った時は三十八歳。四十八になった今は少し太り始めている。背は百七十センチちょっと。さっぱりとした容姿で、冗談をよく飛ばし、女性にもてた。妻は八つ下で、四十になったばかり。真理亜《まりあ》という名前だが、名前どおり日本人離れした派手な顔つきで、男ならオッと振り向きたくなる美人だ。すらりとして、身長は百六十センチはあるだろう。体調に気を配る健康オタクで、食べものにしても服にしても、付き合う人種にさえもこだわりをもっている。出身は横浜だというが、横浜にいたのはごく短期間。長いあいだ岩手にいて、たまたまワンコそばを食べに来た純一と会ったことが縁となり、蕎麦屋の店員から世田谷の邸宅に住むゴージャスな奥様へと変身したのである。

「今日、お父さん早く帰ってくるかなぁ?」

佑子が学校から帰ってくると、夕食の支度をしている真理亜のそばに来た。

「渡したいものがあるんだけど」

「なんなの? でも、今日も遅いんじゃないかしら」

純一の帰りはいつも遅く、家族三人そろっての食事は朝食のときだけだ。

「ならいいんだ、べつに」

佑子はそのまま自分の部屋へ引っ込んでしまった。

純一は佑子に甘い。佑子も、お父さん、お父さんと慕っている。この前も、バレンタインのお返しにともらったクッキーやキャンディを、佑子が嬉しそうに純一に分けていた。

料理を作り終えた真理亜が、居間のソファに座って一息ついていると、

「さっきいってたの、これ」

と、佑子が原稿用紙を持ってきた。

「旅という題で、できるだけ短く書けといわれたんだけど、それ、褒められちゃった」

真理亜が読んでみると、

『わたしはときどき同じ夢を見ます。女の人が、沖へ流されながら手を振っているのです。苦しいはずなのに、「先に行くよ。待ってるからね」と、やさしい声でいうのです。誰だかは知りません。でも、その人に追いつこうと必死で泳ぐのですが、どんどん離れていって、とうとう見えなくなってしまうのです。

悲しくて、悲しくて……。そこで、夢から覚めるのです。なぜ、こんな夢を見るのでしょうか。その人はどこへ行くのでしょう。

わたしは、いつか夢のなかでその人に追いつけるような気がします。そして、わたしの知らないことや、進むべき道を教えてもらえるような気がするのです。

悲しい夢はまだ続くかもしれません。でも、私は旅を続けます。出会える喜びを信じて、私は夢の旅を続けたいと思います』

読み終えて、真理亜は驚いた。

本をたくさん読んでいるせいか文章が大人びているが、これは津波で流された生みの母親のことだ。だが、そのことを佑子が知っているはずはない。誰も当時のことは聞かせてないし、佑子は自分たちを本当の親だと思っているのだ。真理亜は血の気が引くのを覚えながら佑子に訊いてみた。

「先生、なんていってた？」

「みんなはディズニーランドや、外国へ行ってきたことなどを書いたけど、中島はちょっと変わったものを書いたぞ、だって」

「そう？……」

「新聞にのるんだってさ。——早くお父さん帰ってこないかなあ」

佑子は嬉しそうだ。

ふたりは純一を待たずに夕食をはじめた。真理亜は佑子をまじまじと見ながら、この子の母親はきっと頭のいい人だったと思った。子どもの頭の良さは八十パーセントが母親譲りだと聞いたことがある。その土台のうえに、二十パーセントの父親の頭がプラスされるというのだ。まわりを見ても、どうもそのようで、真理亜は頭脳母親由来説を信じていた。

翌朝、三人で朝食をとっていると、

「四月の誕生石はダイヤモンドなんだってね。お父さん、知ってた？」

と、佑子が訊いた。佑子は四月生まれなのだ。

「うん。世界で一番多く取れるのはロシアだよ」

「すごい。やっぱり、おとうさん、なんでも知ってるんだね」

またひとつ、佑子は父親を見直したようだが、真理亜は素直に喜べない。なんとなく妬《ねた》ましく思うのだ。

「ダイヤモンドは、岩を何千トンも壊して取るんだよ。たとえば三千トンの岩。そこから五百グラムとれるか取れないかだ」

純一がいうと、佑子は箸をとめて考えた。

「一カラットが〇、二グラムだから、んーと、一グラムで五カラット、五百グラムだと、ひえェ、二千五百カラット！」

「そんなことはいいから」

真理亜が注意した。

「とにかく、それだけあれば、佑子も、佑子の子どもも、次も次も遊んで暮らせるってことよ。ほら、早く食べちゃいなさい。学校に遅れるでしょ！」

真理亜は食事をいそがせ、佑子は元気よく家を出て行った。

佑子を送り出した真理亜は、食卓に戻って純一の前に座った。

「ちょっと相談があるんだけど、いい？」

相談とは佑子のことである。

佑子がタレントのプロダクションから誘いを受け、それについて学校の教員たちの意見が分かれているのだ。

佑子がモデルとなって撮った写真が、学園のポスターになった。それがきっかけらしいが、そのポスターのことは純一も知っている。毎年プロのモデルを頼んでポスターを作っていた学園が、教員や父兄の意見で、今年は自分たちの学校の生徒を使ってはどうかということになり、佑子が選ばれたのだ。

満開の桜を背景にしたポスターだが、撮影したカメラマンが、打ち合わせのときに佑子が持つ独特の雰囲気を感じとり、逸材が出たぞと知り合いのカメラマンたちを呼び集めて当日の撮影に臨んだのだ。佑子はカメラマンに写真を撮られたことなど一度もないし、佑子自身もタレントやモデルにはまったく興味を示さない人間で、うキくいくのかと真理亜は心配したが、撮影を始めるとすぐに佑子はプロ顔負けのカットを提供したそうだ。

　商業撮影は、何度も撮りなおしを経て、やっと全員が納得する画《え》が撮れるといわれているが、佑子は一回でオーケーを出してしまい、午前十一時から始まった撮影は昼には終わってしまった。せっかく一日授業をサボれると思っていた佑子は不満そうだったというが、そのときのことが、現場にいたカメラマンたちの口を通して芸能プロダクションに伝わったようなのだ。

　佑子のプロダクション問題は、小学校のみならず学園全体の問題となり、教員たちの意見を二分してしまった。話題性を利用して経営の更なる磐石化をはかろうとする賛成派と、今でも経営は安泰だから佑子の将来を考えて勉強に邁進させるべきだという反対派に分かれたのだ。

「そういうのはダメだよ、真理亜」

　きっぱりといって、純一は会社にでかけてしまった。

　しかし、真理亜は諦め切れない。どうしても佑子をタレントにして、他人から凄いといわれる人生を歩みたいのだ。真理亜は家族のために生きるというよりも自分が他人から評価される人生を好む。すなわち、小さな子を持つ親が、嫌がる子どもに流行の帽子をかぶらせたり、ブランドものの洋服を着せたりして、他人にその姿を見せて満足する。そういった類いの人間なのだ。

午後一時になった。佑子の学校へ行かなければならない時間である。佑子のプロダクション問題について家族会議がどうなったか、校長が結果を待っているのだ。

真理亜は、道を歩きながらショーウィンドウに映る自分の姿を何度も見た。真理亜は、ガラスだろうと鏡だろうと、自分が映るものには必ず目を向けてチェックを怠らない。おまえはナルシストだと、昔の恋人にいわれたことがあったが、目立ちたがり屋の真理亜に対して、佑子はその反対で、目立つことが嫌いである。

校長室に入ると、校長は待ちかねたように、同席しているふたりの男を紹介した。ひとりは学園本部からきた小太りの事務局長で、もうひとりはプロダクションの社長だった。芸能関係で生きてきただけあって、体型もさることながら、若い頃はずいぶんモテたであろう顔立ちで、六十歳くらいに見えた。

「で、お話し合いはどうなりましたか?」

校長が、前置きなしで家族会議の結果を尋ねてきた。

「勉強以外のことはやらせるなと……。主人がそう申しておりますので」

その答えに、同席しているふたりは顔を見合わせた。

「佑子ちゃんも、それでいいんでしょうか？」

プロダクションの社長が、真理亜の顔を覗き込んだ。

「佑子は芸能活動にはまったく興味がありませんので」

「うぅむ。もったいない。実にもったいない」

社長は唸るようにいって腕を組んだ。

「ね、やっぱり思ったとおりでしょ。残念でしょうけど」

校長は、社長にそういってから、

「きみ、今聞いたとおりだ。佑子ちゃんは勉強ひとすじの道を歩む。これで今回の件をまとめてください」

と、本部から来た事務局長にいった。事務局長は、了解しましたと返事をしたが、プロダクションの社長は諦め切れないという面持ちで、

「お母さまは、如何ですか？」

と、真理亜に向き直った。

「佑子の考えを尊重したいと思います」

「いえ、そういうことじゃなくて、お母さまはテレビに出ることはおイヤですか？」

「は？」

真理亜は、いわれている意味がわからなかった。

「お母さまを、わたくしどもがスカウトさせて頂くということですが」

「とんでもありません。わたしなんか……」

断りながらも、真理亜は悪い気はしなかった。少し年を取ってはいるが、街で声をかけられることだってあるのだ。

プロダクションの社長のひとことで、場の雰囲気が少しなごんだ。校長は堅物のようだが事務局長は意外とミーハーで、知っているタレントの名前を口にしては社長からいろいろな裏話を聞いていた。社長のプロダクションには、真理亜の知っているタレントも所属していて驚くようなギャラをもらっていた。

真理亜がその金額を聞いて羨望の声をあげると、

「その程度で驚かれては話になりません。佑子さんは、うちのプロダクション始まって以来の稼ぎ頭になるでしょう。わたくしどもにとって金の鉱脈を掘り当てたようなものです」

聞きながら真理亜はワクワクしてきた。

「ちょっといわせてもらっていいでしょうか。佑子ちゃんの援護射撃じゃありませんが、ぜひ、お伝えしたいことがあるんです」

校長がやや真面目な顔になっていった。

「教育者としての立場からですが、佑子さんは特別な存在のような気がするんです。成績が良くて、外見もかわいい。それでいて高ぶらない。だからみんなに人気があるのでしょうが、でも、それだけじゃない。親たちにも一目置かれているんです。モンスターペアレンツと呼ばれる人たちからもですよ」

校長は、今年の正月に起きた事件のことを話した。

新学期が始まってすぐのことだ。春休みに出された宿題についてクレームがついた。個人の成績に合わせて個別に課題を課したのだが、その出し方に差別があったというのだ。経済的に恵まれた子弟が通う学園はプライドの高い親が多い。子どもに対する評価を自分のことのように過剰に捉えてしまう親もいる。今回の火付け役はそうした人たちで、親のみならず、親の職業を笠に着る子どもたちが友達を味方につけて騒ぎ出し、親と子と教師の三つどもえの戦いとなったのだ。

その騒ぎを、佑子が見事にまとめたと、クラスのご注進役である親が校長に伝えたのである。

佑子は、有志の仲間たちとともに、勢いづく親たちとテーブルを挟んで対峙した。そこで佑子は次のようにいったという。

クラスには差別という言葉は存在しない。勉強ができるかできないかはあるが、できる者はできない者を助け、できない者は自分を卑下したり、先生の悪口をいったりはしない。今回の問題は大人が生み出した問題で、そのことでわたしたちの学園生活を乱さないでくださいと頼んだのである。さらに佑子は、差別はなくならないともいい切ったようだ。

人は必ず自分と他人を比べるものだ。それは良いことでもあり、悪いことでもある。知らず知らずのうちに、みんなが毎日差別を行なっている。その差別が、良いものになるか悪いものになるかは、その人の幸せ感によるものではないか。そして、その幸せとは何かを、わたしたちはこの学園で先生方から教えてもらっているのですといったそうだ。

校長は話し終え、立派に育てられていることに大変驚きましたといったが、驚いたのは真理亜のほうである。ずいぶん大人びたことをいったものだ。日頃の佑子からはとても想像できない。家で自分がどう思われているかと思うと、そら恐ろしくさえある。

「あのときの佑子さんの行動が理事長の耳にまで達しておりまして、理事長は、学園の宝をそんなチャラチャラしたところへやるわけには絶対にいかんというんです」

「チャラチャラですって？」

プロダクションの社長が気色ばんだが、校長はうまくかわして事なきを得た。

「お母さん、一回。週にたった一回だけで結構です。わたくしどものレッスンを受けて頂くわけにはいかないでしょうか。もちろん学校が休みの日にです」

社長の誘いに真理亜が答えに詰まっていると、

「絶対に、勉強に差し障りがあるようなことはさせません。先ほど校長先生のお話にもあったように、影響力のあるお子さんだからこそ、なんとか世に出てもらって、社会にも影響を与える人物になって欲しいのです。お母さん、どうかわかってください。わたしたちは必ずお子さんを有名にします。有名になって、人々に光や希望を与えてもらいたい。佑子さんには、その素質があるんです」

社長の言葉が更に熱を帯びる。

「医者や弁護士は、たしかに人々を救います。でも、一生のうちで、どれだけの人に元気と希望を与えられますか。どれだけの人に笑顔を取り戻させてやることができますか。数には限りがあります。メディアでしかできないんです。佑子さんとメディアがタッグを組めば、どれだけ多くの人々に幸せを与えられるか。――お願いします。どうか佑子さんを。週に一回だけでいいですから」

プロダクションの社長は懇願した。真理亜は社長の熱意に心を動かされて、

「わかりました。努力してみます。主人ともよく相談しまして」

「いや、お母様のお気持ちが一番です。いま、ここで承諾してもらえませんか。わたしが保証するんですから、失敗は絶対にありません。有名なんてもんじゃない、光ですよ。希望そのものですよ、佑子さんは」

「わかりました」

「わたしたちに預けて下さる。それでいいですね。約束ですよ！」

「はい」

社長の顔に喜びの色がありありと浮かんだ。校長は戸惑いをみせていたが、事務局長は何度も頷いていた。

学校をあとにした真理亜は背信の思いで歩いていた。夫の純一を裏切り、佑子にも相談せずに勝手に決めてしまったからである。だが、たくさんの有名人を出している社長があれほどまでに頼んできたのだ。テレビや映画で活躍する佑子の姿を思うと、真理亜の心は

どうしても弾んでしまう。

その後、プロダクション入りを果たした佑子は、めきめき頭角を現していった。週末のトレーニングを受けるだけだが、まるで白い和紙に落とした墨がアッという間に広がっていくように、教えること全てを瞬く間に吸収してしまうと、プロダクションの先生方は佑子を絶賛した。

ある日、レッスンも終わり、真理亜が佑子とふたりで歩いていると、社長が追いかけてきた。一緒に食事をしようというのだ。

歩きながら、社長は真理亜に目を向けた。

「先週、赤坂で協会の会議があったんですが、もう佑子さんの存在はみんなに知れ渡っていました。あっ、わたしは内緒にしてきましたよ。でも、中には、ほかのプロダクションの先生をしている人もいますから、たぶんそこから漏れたんでしょうね」

社長は困った顔をして人のせいにするが、真理亜はそうは思わなかった。一刻も早く佑子を世に出してカネ儲けをしたいから自分からいいだしたのだろうと思った。

「どちらでもいいですけど」

まあ、取り立てて文句をいうほどのことではない。早く有名になれば、それはそれで真理亜にとって嬉しいことでもある。

三人はフランス料理の店に入ったが、食事中、よくもここまでいえるものだと、社長のお世辞に真理亜はあきれてしまった。

佑子の才能はもちろん素晴らしいが、その才能を壊さずにここまで育ててきたあなたが一番偉いと真理亜を褒めちぎったのだ。さらに、佑子を有名にしたあとは、真理亜さん、次はあなたの番だなどと歯の浮くようなこともいった。

こうした経緯《いきさつ》を知る由もない元新聞記者の境川権蔵は、長年住んだ古いマンションを出て、近くに小さな家を建てた。今日はその新築祝いで、なじみの者たちが集まっている。

「権蔵さん、いい家を建てましたなあ」

小樽警察署の刑事がいった。若い部下も連れてきている。小学校の教頭や町内会長も満面の笑みで座っている。

「さあ、できましたよ。お待たせしました」

奥から泰子が料理を運んできた。手が足りないだろうからと、前に住んでいたマンションの友達も手伝いにきてくれている。

飲むほどに酔うほどに、声は大きくなり、笑い声も響く。権蔵がトイレに立ち、足元がおぼつかない状態で戻ってくると、

「俺はこれから夜の漁に出るんだが、権蔵さん、どうだ、連れてってやろうか。もっともそんな格好じゃ、海にドボンだな」

漁師の男が、笑いながらいった。

「何いってんだ、おまえ。俺はな、どんなに船が揺れたって、ほれ、このとおり」

そういって背を伸ばした瞬間、権蔵はひっくり返ってしまった。漁師は大笑いをして、

「ところで俺さァ、船を新しくしたんだ。今度乗せてやっから、利尻でも、奥尻でも、みんなでどっかへ行こうじゃねえか」

と持ちかけると、退職した中学校の教師がパンと手を打って、よし、それじゃ奥尻にしようといった。むかし向こうで教えていたことがあるそうで、意気揚々と当時のことを語り始めると、それがきっかけで、いつの間にか十年前の奥尻島を襲った地震の話になった。

「そういえば、権蔵さん、あの事件のことを知っていますか？」

権蔵の前に座る刑事がいった。

「地震でつぶれた家からカネが盗まれた事件です。それもかなりの大金で」

恥ずかしながら権蔵は知らなかった。

「容疑者は浮かんだんですがね。ところが、震災後に親元へ行ったことまでは分かるんですが、それからバッタリと足取りが途絶えてしまってねえ。死んだことになったんですが、ほんとに死んだかどうか。わたしは生きていると思うんですがね」

「あの地震から十年ですよ。まだ犯人はつかまらないんですか？」

「残念ながら……。あの事件は、今もって、どうもおかしな事件でしてね。それに、おまけがあったんですよ。容疑者に加担したんじゃないかといわれた銀行の支店長がいたんですが、これが、震災後まもなく東京で死んだんです。自殺ということになったんですが、当初は他殺の疑いもあったんですよ」

権蔵にとっては初耳だったが、どうせお蔵入りでしょうなと刑事がいって、その日はそれでおしまいになった。

翌日になって、権蔵は小樽署に彼を訪ねた。きのう彼がいっていた事件のことが気になったのである。

権蔵は事件について一連の流れを教えてもらうと、さらに詳しく調べるため函館まで足を伸ばし、当時奥尻島とカネの行方について捜査に当たった函館警察署の刑事から話を訊いた。

容疑者とみられた男は奥尻明和不動産の社員高橋幸一だったという。権蔵はその名前を聞いて驚いた。ひょっとしたらありさが生きているのではないかと思って奥尻島へ行ったとき、権蔵はその名前を耳にしたが、彼のことを悪くいう者は一人もおらず、むしろ評判の良い男だったのだ。

と、権蔵の脳裏にフェリーの男たちの話がよみがえった。避難場所で不動産屋の男が赤ん坊を抱いていたというあの話である。

権蔵は思った。高橋幸一がありさの家でカネを奪った可能性がある。とすれば、抱いていた幼児は、未だ発見されずにいるありさではないか。

函館の刑事は、震災の夜、札幌で交番前に赤ん坊が置き去りにされていたが、誰が置いたか調べようがなく、窃盗事件とは関係ないだろうといったが、その瞬間権蔵の脳裏にある夜の風景が浮かび、思わず息をのんだ。刑事が話す交番前の赤ん坊を、権蔵は見たのである。

当時権蔵は、鉄人レースといわれるトライアスロンで、北海道で上位のクラスに入る選手だった。週に二日、小樽から札幌市の中心部まで自転車の練習を続けていたのだが、たまたまその日は自転車を走らせるのが夜遅くになってしまった。そこで、刑事のいう交番前で赤ん坊を置いて立ち去る若い男を見たのである。オヤッと思い、しばらく後を追ったが、鉄人レースが四日後に迫っており、優勝を狙う権蔵は関わりをさけるため引き返してしまっていた。

だが、刑事の話を聞いた今、権蔵は願ってもないチャンスを得たと思った。調べようによっては、世間の耳目を集める記事が書けるかもしれないのだ。震災当時に起きた同一犯による、窃盗、略取・誘拐、幼児遺棄事件である。

権蔵は奥尻島へ向かった。幸か不幸か、時間はいくらでもある。勤め先だった小樽新報社が、先月とうとう倒産し、権蔵は働く先を持たない浪人の身になったのだ。

奥尻島についた権蔵は、当時桧山信用金庫の支店長だった佐伯庄一の家を訪ねた。出てきたのは佐伯の妻だった。取引先だった不動産屋のことで何か聞いていることはないか。また、そこで働いていた若い男のことを、生前の佐伯が口にしたことはないかと尋ねると、佐伯の妻は、見ず知らずのあなたに話すことなど何もありませんといって、けんもほろろに権蔵を追い返した。

しかし、その晩、佐伯の息子だという男から電話がかかってきた。母親の邪険な態度を謝ったあとで、権蔵のことをよく覚えているというのだ。彼は中学生のとき絵が上手で、北海道の風景画の展覧会で賞をもらったそうだ。いくつかの新聞社がその記事を載せてくれたが、小樽新報社でもとりあげてくれて、その記事を書いたのが権蔵だったという。

有名な絵を引き合いに出してその違いを論じたり、テーマの深さなども細かく紹介してくれた権蔵に、彼は大いに感動したという。担任はその記事を彼に渡して、困ったときにはこれを見て元気を出せとラミネートまでしてくれたそうだ。

そんなわけで、彼は境川権蔵という名前をしっかりと覚えていたのである。

「これはまだ誰にも話していないことですが」

そう前置きをして彼は話しだした。

「父が、東京へ行って死んだことはご存じでしょうが、実は、東京に行く前の日に、父からメモを渡されたんです。カネに困ったら、この人に会ってみろ。必ず力になってくれるはずだといって」

そのメモには、高橋幸一という名前と、桧山信用金庫本店にてキャッシュで払うとあり、金額は一億四千七百万。払った日も書いてあるという。幸一の友人だという東京の人物の住所も電話番号もあるそうだ。

「借りを返してくれというんだぞ。ただそれだけでいい。何を訊かれてもあとは黙っていろ。相手はすぐにわかるはずだ。百万や二百万、いや、場合によっちゃ五百万くらいは用立ててくれるだろう、と父はいっていましたが、それ以上詳しいことは教えてくれませんでした」

彼の話しぶりはしっかりとしていた。

翌日、権蔵は彼と会ってそのメモのコピーをとらせてもらったが、驚いたことに、これほど重要なことを佐伯の息子は警察に話さなかったそうだ。なぜかと訊くと、どうも父がよくないことをやったようで、父の名誉を守るためにいえなかった。権蔵に話したのは、権蔵が真相をつきとめてくれると思ったからだという。

これで、不動産屋の従業員高橋幸一が、佐伯庄一に大きな弱みを握られていたことが明らかになった。

彼は消息不明で死んだことになっているが、ひょっとしたら生きているかもしれない。なぜか権蔵はふとそう思った。もし、そうだとしたら、調査を続けていけば、どこかで幸一と接点を持った人間があらわれてくるだろう。

権蔵は奥尻島から北海道の本島に戻り、江差町の桧山信用金庫の本店へ足を運んだ。当時の担当者を探すのに二日間を要したが、誰も当時の手続きに問題はなかったといい、むかし警察に話したこと以外何も新しいことは思い浮かばないといった。

権蔵はその後東京に飛んで、佐伯の息子がくれたメモにあった住所を訪ねてみた。マンションはあるにはあったが、管理会社によると、部屋の住人は何度も入れ替わり、マンションのオーナーも変わっているとのことだった。

権蔵は、幸一の母親信子に話を訊くため新潟へも行った。事前に電話を入れても断られるだろうと思った権蔵は、夜になって直接信子の店を訪れた。広くてきれいな店で、客も多く、繁盛しているようだ。

「今さら、何をお訊きになりたいのですか。当時さんざん警察の方からあれこれ訊かれましたけど、わたしは本当になにも知らないんです」

自分が疑われているとでも思ったのか、信子は権蔵を前に機嫌が悪くなった。

「息子のことも、もう死んだものと思っていますので」

信子はそういって権蔵にビールをつぐと、常連の客の席へ移っていった。かわりに若い女が権蔵のわきに座ったが、「あっ、金村さん！」と、突然声をあげて立ち上がり、入ってきた男を奥の席に座らせると、ママに何か耳打ちして戻って来た。

男は五十歳くらいだろうか。ゴルフ焼けのような色をして、髪は短く、中肉中背、サングラスの似合いそうな男だ。

しばらくして信子はその男の席へ行き、ふたりで話し始めたが、権蔵がときどき目をやると、向こうも権蔵のことが気になるのか何度か男と目が合った。

翌日、家を長く留守にしている権蔵は妻の泰子のことが気になって家に電話を入れてみた。泰子は心もち声に元気がなかったが、もう少し調べたいことがあるので新潟にいてもいいかと訊くと許してくれた。安心した権蔵は、夜になって再び信子の店にいったが、当の信子は店にはいなかった。

「ママは旅行に行ったのよ」

きのうの若い女がそばに来て教えてくれた。誰と行ったのかと訊くと、それは内緒といって話したがらない。

「まあ、いいか。ところで、この店は出来てから長いんだってねえ。大したもんだ。ママはよっぽど昔からいいお客さんを持ってるんだね」

「そんなことないわよ。一時はやめようと思ったんだって」

彼女は古株のホステスから訊いた話だといって続けた。

「ところがね。急に金回りが良くなって、店をここに移し、新しいホステスは雇うわ、内装も一新したのよ。ね、今もきれいでしょ？」

「……それ、いつ頃の話？」

「十年くらい前だって。わたし、ママの前の店を知っているけど、あんなちっぽけな店から一気にここだもんね」

権蔵はその子と気があった。彼女も権蔵に親しみを覚えたらしく、権蔵の尋ねることに素直に答えてくれた。きのう来た金村という男のことを訊くと、北海道の人らしいが、新潟で会社を興し、今は東京に本社を持つまでになっているらしいと教えてくれた。彼の身なりからしてそれは分かった。どうやら二人は男と女の関係のようで、金村の会社がそこまで大きくなるからには、信子の息子幸一のカネが使われた可能性がある。権蔵は疑ってかかった。

9

話は十年前に遡る。

幸一が宝くじの残りをもらうといって東京へ行き、しばらくしてのことである。

朝早く、信子のマンションのインターホンがおされ、モニターをのぞくと男が立っていた。

「おれだ」

信子はドアをあけ、左右に目を配りながら彼を引き入れた。

「どうしたの、こんなに早く」

「気になることがあってな」

男は金村良治といい、知り合って半年ほどになる男だ。家に来て泊まることもある。信子よりひとつ下で、生まれは札幌。新潟に出張中で、万代橋近くに建設中の高級マンションの壁を塗っている左官屋である。

金村は疲れた顔をしていた。仕事にいく格好ではないし、訊くと仕事は休んだという。

信子は突然の来訪を快く思わなかった。幸一が帰って来た日に電話して、北海道で働いていた息子が地震にあって突然帰って来た。しばらくここにいるだろうから当分来るなといっておいたはずだ。にもかかわらず、金村は朝っぱらからやって来たのだ。

「あれから一本も電話をくれねえよな。何かあったのか？」

「……それを聞きたくて、仕事を休んで来たの？」

「ああ」

金村は玄関に突っ立ったままである。

「あがる？」

「いいのか？」

信子は頷いた。

最初に金村を誘ったのは信子である。言葉遣いは荒っぽいが、時折見せる仕草に優しさを感じて好意を持った。面食いの信子にとって嫌いな顔でもない。店の客と付き合うのはご法度だからねと従業員にいいながら、信子自身がその掟を破っていた。

金村は何を思ったのか風呂場に行き、すぐに戻ってきた。金村の歯ブラシとバスタオルは信子が既に処分していた。

「息子はいないのか？　玄関に男の靴はなかったが」

声をひそめて金村が訊いた。

「用事で東京へ行ったの」

「いつ帰ってくるんだ？」

「用が済んだらじゃない？」

「なんの用だ？」

「そんなこと、どうでもいいでしょ」

詮索を嫌う信子は、様子を見に来た金村を忙しいからとさっさと帰してしまった。

頭の回転が早く、容姿にも恵まれている信子だが、気が短く、思い通りにならないとすぐに腹を立てる。前の夫が何もいわずに家を出たのは、そんな性格が原因だったかもしれないと反省はするが直す気はまったくない。胆力もある。いいたいことはハッキリというし、答える必要がないと思えば絶対に答えない。相手が血相を変えて怒鳴っても、おかまいなしでビクともしない。胆力がなくては、飲み屋のママを長く続けることなどできやしないのだ。

幸一が帰ってきたことをきっかけに、信子は自分のだらだらとした生活にけじめをつけようと思った。幸一からもらったカネの力はやはり大きい。店を閉めたあと、客と三時四時まで飲み歩くことをピタリとやめ、さっさと家に帰るようになった。

信子のあまりの変わりようは周囲を驚かせた。

「おい、ママは急に付き合いが悪くなったな」

飲みに来た男が若いホステスにいった。

「わたしたちも驚いているの」

「男でもできたんか」

「そんなんじゃないと思うわ」

「そうに決まってるじゃねえか。カネ持ちの男でも見つけたんだろうよ。そうじゃなきゃ、あんなに変わるもんか。ありゃまるで別人だ。俺らに高いフルーツをとらせたり、まだ残ってるボトルをちゃっかり新しいのに取り替えたりしていたくせに、この前なんか、ほら、サービスよとかいっちゃって、ヘネシー一本くれたじゃねえか。つまみも、前とはえらい違いだ。ねえ金村さん」

鳶《とび》の男が、一緒に来た金村にいうと、金村は黙って水割りを飲み干した。

「俺たちの知らねえ埋由《わけ》でもあるんだろうよ」

金村は、離れた席にいる信子に、先ほどからチラチラと視線を向けているが、信子も金村が来ているのを知っていた。だが三日前の朝に突然マンションに来たことを疎ましく思い、チーママに相手をさせていた。

午前零時になり、信子が店を出ると、外で金村が待っていた。

「あら、帰ったんじゃなかったの？」

金村は吸っていた煙草を捨てた。

「あれからずっとここにいたの？」

金村は頷いた。

「どしたの」

「おまえ……男ができたのか？」

「は？」

「カネづるでも見つけたか」

「バカいってんじゃないわよ。男はあんたでたくさん」

「とか何とかいっても、おまえはモテるからなぁ」

「それは自分のことでしょ！　あんたこそ気をつけなさいよ」

目では怒ってみたものの、信子は外で待っていてくれた金村がかわいそうになった。

「来る？」

信子は金村を自分のマンションに連れて帰った。息子の幸一は東京へ行ったきり、ずっと連絡をよこさない。その夜は金村とふたりきりだった。

信子の店はいつも繁盛しているとは限らない。ヒマな日のことである。

女の子たちは、オシボリをたたみ直し、それが終わると自分の手帳をひらいて、さて誰に電話しようかと客選びにかかっていた。

左官屋の金村良治は、ここのところずっと店に来ていない。金村のことを思うと身体が熱くなることがあるが、今は、値札を気にせず好きな買い物ができるという現実が、そうした思いから信子を遠ざけていた。最初にもらった一千万のほかに、幸一は五百万ずつ、六日続けて振り込んできていた。通帳を記帳して初めてわかったのだが、宝くじのカネを母さんと分けたんだよという幸一の言葉を聞いて信子は安心していた。

最後の客が出ていき、店を閉めようと思ったとき、ドンと音がして誰かが店のドアにぶつかった。

「ママ！　金村さんよ！」

グデングデンに酔っ払った金村が、ヨロヨロと入ってきた。

信子は水を飲ませ、ソファに横にならせてタオルケットをかけてやると、金村はそのまま寝てしまった。

「さ、帰りましょうか」

信子は女の子たちに声をかけた。

そのうち気がつけば、金村は勝手に店から出ていくはずだ。鍵はあけっぱなしになるが、取られて困るものなど何もない。酒がなくなっても買いなおせばいいだけだ。

信子は家に帰ると、台所のテーブルに座って頬杖《ほおづえ》をついた。酒に強い金村が、あんな姿になるのを見たのは初めてだった。だが、何があったのだろうと思いやる気持ちは起こってこない。思いが冷めてしまったのだろうか。もしそうだとしても、信子はそれを惜しいとは思わなかった。

翌日、店の掃除をしているアルバイトの女に電話して金村のことを訊くと、彼女が行ったときにはタオルケットがソファの上にきちんとたたんであって、中には誰もいなかったという。

すると、その晩、金村が店に電話をしてきた。

「きのうは、みっともねえマネをしちまって」

彼は殊勝にわびたが、信子は、あんまり飲まないほうがいいわよ、と返しただけで理由を聞こうとはしなかった。

と、電話の向こうで駅のアナウンスが聞こえてくる。

「いま、どこにいるの」

「東京駅だ」

「仕事?」

「ああ、これからはこっちで仕事だ。お前のカネで作った会社を、いまに日本一にしてやっからな」

「頑張ってよ。じゃなきゃ、きっちり利子をとるからね」

信子は軽口をたたいて客の席へ戻っていった。

そんなことが十年前にあったのだ。

店の女の子から話を聞いた権蔵は、新潟にとどまって信子が旅行から帰ってくるのを待って店を訪れた。カネの疑惑に加えて、今日の昼過ぎにとんでもない情報が権蔵にもたらされたのだ。これだけは確かめておかねばなるまいと思った権蔵は、北海道へ帰る前に、なんとしても信子から話を訊く必要がある。

「あら、まだ新潟にいらしたんですか」

信子は愛想笑いをして権蔵の前に座った。

「来て頂くことはありがたいんですが、何もお話しすることはありませんよ」

「いやいや、こっちのほうであるんです」

「あら、何かしら？」

信子は余裕をみせた。権蔵がカネの出どころを訊こうすると、

「ママ、大変、大変！」

と、ホステスが飛んで来て、信子の着物のそでを引っ張った。

「金村さんのことで、電話、電話！」

信子は急いで立っていったが、戻ってくるなり、

「すみませんが、急用ができてしまったので、また後日いらしてください」

といって奥へ消え、あたふたと店から出ていった。

どうやら、金村が事故に遭ったらしい。

権蔵にとっては残念極まりないが、仕方なくその晩は店を後にした。

翌日、権蔵は店の子から訊きだした信子のスマホに電話をかけた。

信子は会津若松にいて、怪我をした金村良治の世話をしているといった。

「そういうわけで、こっちは大変な状況なんです。いったい何のようですか？」

そばに金村がいるようで、おい、誰からだ、という声が聞こえる。

「例の件で、高橋さんがご存じかどうか、どうしても確かめたいことがあるんです」

権蔵が信子にいうと、

「例の件って、なんですか？」

「地震のときの話です」

「やめてください、そんな話。店でもお話ししましたけど、あなたの得になるような話は何もありませんから」

すると、かわれ、と声がして金村が電話に出た。

「あんた、記者さんですってねぇ。俺はいまケガをしてるんですよ。その世話をしてくれてる高橋さんに何の話があるんですか」

どすの利いた低い声だ。

「俺のケガが治ったら、そっちへ行きますから、おたくとゆっくり話をしましょうや。それでいいですね」

「いやいや、わたしはあなたと話をするつもりはありません。高橋さんにかわってください」

ふうっと、わざとらしい大きなため息が聞こえ、急に音が遠のいた。通話口を手でふさいで何か話しているのだろう。待っていると、

「まあ、何の用かはわかりませんが、こっちへ来られるなら、会ってもいいと彼女はいっていますよ。ただ、俺も同席しますが、それでもいいですか？」

「かまいません」

権蔵は金村から居場所を聞いた。会津若松の下郷町にある福祉施設である。

翌日、そこへ行ってみると、そこは一年前に竣工した四階建ての建物で、ホテルと見紛うほどの豪勢なつくりだった。金村がいた部屋は、役員専用に作られたスイートルームのような部屋で、まだ一度も使われていないというが、信子もそこにいた。

なぜ怪我をした金村が、病院ではなくその施設にいるのかと不思議に思った権蔵が、そ

のわけを訊くと信子はこう説明した。

施設を経営しているのは、最近テレビコマーシャルでよく目にするＩＴ企業ブロンクスで、会津若松にある福祉施設の敷地内に新しく介護施設を建築中である。金村はその工事を請け負っているが、施主である社長が建築資材の一部始終にまで口を出す男で、通気性の良い漆喰の一流品を使いたいからと、金村に仕事を頼んだそうだ。金村の会社は新潟から東京に本社を移し、しかも一流の左官職人が集まっていて、国内での評価は抜群に高い。

その金村が、鳶の親方と話をしていたとき、急に足場がくずれ、転落して足の骨を折ってしまったのだ。大騒ぎになったが、ブロンクスの社長はこれまでに一度も事故を起こした事がない。労災だけは何としても避けたい。そこで社長は策を練った。金村の手術は会津若松市内の知人の病院で行ない、情報が漏れないようにと、術後管理は、同じ敷地内にある福祉施設で行なうことにしたのである。

「ま、みなさんそれぞれ事情があるようで」

金村は器具で足をつり上げられた格好で、ベッドに臥したままそういった。

信子が珈琲を淹れて持ってきた。

「ところで、わたしに確かめたいことがおありだとか？」

信子は珈琲を権蔵の前に置くと、自分もゆっくりとソファに座った。

「ええ。消息不明の息子さんのことです。――本当は、息子さんがどこにおられるのか。ご存知なんじゃありませんか」

信子は怪訝な顔をして、視線を権蔵から金村に移した。

「境川さん、おかしなことをいっちゃいけませんよ。息子さんは死んでいるんです。変なことをいって高橋さんを惑わせてもらっちゃ困りますなァ」

金村がかわりに答えたが、権蔵はそれを無視して信子にいった。

「十年前といえば昔のような気がしますが、それでも、飛行機の搭乗記録というものは残っていて、わたしの調べたところによりますとね、息子さんはいったん海外に出られたんです。震災後二ヶ月も経たないうちにですよ」

「なんですって!?」

信子は高い声をあげた。

「ご存じなかったのですか?」

「そんな……。パスポートも取ったことがないあの子が」

信子の驚きようは権蔵の想定外だった。知っているものとばかり思っていたのだ。

権蔵には幼なじみに外務省勤務の男がおり、彼の助けを借りて当時の出国者リストに幸一の名前がないか調べてもらったところ、震災のあった年の八月、彼はパスポートをとって翌月の二日に日本を出国していたのである。行き先はアメリカのサンフランシスコだった。

「境川さん、それは本当ですか」

今度は金村良治が身をのりだした。

「そんなこと、警察の人は最後までひとこともいわなかったわ」

信子はまだ信じられないという顔つきである。当時は、行方不明という届け出を受けた警察が、幸一の行き先を知ろうと何度も信子を訪れたというが、そんな話は一切なく、幸一の年齢や社会経験からして、彼らは幸一のアメリカ行きには考えが及ばなかったものとみられる。

「アメリカへ行って、そのあとは？」

金村が訊いた。

「二年ほどで帰ってきています」

金村と信子は顔を見合わせた。

「でも、おまえが出した失踪届は受理されたんだろ？」

金村が訊くと信子は頷いた。

「なぜ、連絡を一度もよこさなかったのかしら」

信子の問いに、金村は権蔵に目を戻した。

「ということは、幸一くんは生きているってことですね」

「それはわかりません。ただ、今幸一さんがどこで何をしているのか。あるいは、縁起でもありませんが、母親である高橋さんになんの連絡もなかったというなら、亡くなってい
る可能性もあります。まずはそれを確かめなければならないでしょう」

ふたりは口をつぐんだが、しばらくして信子は、息子の消息を何とか確かめてほしいと頼んだかと思うと、今度は、せっかく気持ちの整理がついたのでこのままにしておいてくれといったり、コロコロと言葉を変えた。母親のくせに、おかしなことをいう人だと権蔵は思った。次いで、息子さんが赤ん坊を救って津波から逃げたという話があるが、それは本当かと権蔵が尋ねると、信子は頷いた。幸一本人からも聞いたという。

逃げる途中で、この子を頼むと親からいわれ、赤ん坊を受け取った幸一は先に逃げたが、あとから遅れてきた足の悪い母親に返したという。もしそれが本当なら、その子はありさ

ではないことになると権蔵は思った。

交番前に置かれた赤ん坊の一件も、ありさとは全くの別人で、地震と津波の混乱のなかで、誰かがどこかでその子を見つけ、なんとか生きてほしいと交番前に置いたとも考えられる。それにしても、刑事がいっていたおむつパックにあった百万円はどうだ。誰に拾われるかもわからない子にそんな大金をつけるとは、よっぽどの慈善家か、あぶく銭を手にいれた者にしかできない芸当だ。いや、そう疑って掛かってはいけない。置いたのは、のっぴきならない事情にあった本当の親かもしれないのだ。

「境川さん？」

信子の声で、権蔵は我に返った。

「境川さんは、幸一のことを調べて、それを記事にでもするつもりですか？」

なんと答えたものかと権蔵が迷っていると、まだ警察はそのときの事を調べているのかと信子が訊いた。

「そりゃおまえ、あきらめはしないだろうけど、捜査を続けているにしても形だけのものだよ。ねえ境川さん」

かわりに金村が答えた。

そのとき、施設の看護師が定時のバイタルチェックのため部屋に入ってきた。権蔵は部屋から出て、日当たりの良いデイルームで外を見ていると、信子が部屋から出てきてエレベーターで下へ降りていくのが見えた。

しばらくして、権蔵が金村の部屋へ戻ろうとすると、エレベーターが開いて信子が出てきた。胸の前にペットボトルを三本抱えていたが、権蔵に気づいて、「あのう、保険金のことなんですが」と話しかけてきた。

信子は、受け取った幸一の死亡保険金が心配だという。生きていれば返さなければならないのかと訊いてくる。息子の生死を確かめるより先にカネのことが気になるようだ。

「返せとはいわないでしょう。また、返す必要もありません。失踪期間中は保険料を払っていましたよね。もし、その期間中に新しい保険をかけていたり、疑惑を受けたりすることがない限り大丈夫です。保険会社は死亡保険金を払った時点で、その契約自体が完了して、無いものになりますから、あとからその契約についてどうこういってくることはないと思いますよ」

信子は安堵した表情をみせ、権蔵は金村の部屋に戻って挨拶を済ませると施設をあとにした。

久しぶりに小樽へ帰った権蔵は、居間のドアをあけ、朝日のあたるソファに座る泰子に声をかけようとすると、

「ご飯、ちょっとまってね。この番組すぐに終わるから」

と、泰子はテレビを見たままでいった。

「ね、ね、この子。奥尻島の地震で両親を亡くしたんだって。まだ小学生なのに、ずいぶん大人っぽいよね。かわいいというより、もう、きれいの部類に入っているわ。すごいわねえ」

中島佑子というその子は、椅子に座ってインタビューを受けていた。

「若い子のファンが多いんだってさ。ねえ、この子の取材に行けば？」

「……」

「どうしたの？」

「いや、別に。それに俺はもう記者じゃないから」

「記者じゃなくても記事くらい書けるでしょ。……それに、うまくいけばお金も入るし」

お金と口にしたことを恥じたのか、泰子は少しはにかんだ。

勤め先の新聞社が倒産してから、泰子は今後の生活を心配している。その様子は痛いほどわかる。だからこそ、なんとかして特ダネをつかみたいと思う権蔵でもある。並んで泰子とテレビを見ていると、突然、権蔵はフェリーの男たちの話を思い出した。

「生きていたんじゃないのか、あの子は」と、男のひとりが確かそういっていたのだ。

関連性があって欲しいと願った権蔵は、中島佑子の事務所を調べてインタビューを申し込んだ。だが、予定が立て込んでいるらしく、日時はこちらから連絡するといわれて電話を切られてしまった。

　権蔵はせっかちである。思い立ったことがいつになるかわからないでは気が済まない。日を経ずして権蔵は上京した。直接プロダクションにかけあってみようと思ったからだ。

　プロダクションの前に立つと、やはり自分の強引さに気づいて権蔵は少し躊躇した。斜め前にある喫茶店に入り、窓越しにプロダクションの建物を眺めていると、若い子が女と一緒に出てきた。よく見ると若い子は中島佑子だ。白いブラウスにブルージーンズをはいている。傍《かたわ》らの女はワンピースを着ているが、人だかりができ始めると、佑子の肩を抱え込むようにして歩を速めた。それを見ると権蔵はすぐに席を立ち、店を出ると、距離を保ちながら気づかれないようにふたりのあとをつけた。

翌日、佑子の帰りがあまりにも遅いので育ての親である中島真理亜は心配していたが、午後十時を過ぎて、やっと佑子のマネージャーだという女が佑子を送ってきた。小顔で、白崎結衣《しらさきゆい》と名乗る美人だが、どうもふたりの様子がおかしい。佑子は小さな声で、遅くなってごめんなさいといったきり、わきをすり抜けていった。声の調子にただならぬ感じがする。

「何かあったんですか？」

真理亜が訊くと、

「すみません、途中から佑子さんが行方不明になってしまいまして……」

三十代とみられる彼女は、眉をひそめて申し訳なさそうにいい、そのあとで、確かかどうかわからないが気になることがあり、そのことが、今回のことと関係があるのかも知れないといった。

それは昨日のことである。ボイストレーニングを終えて佑子と歩いていると、ひとりの男が声をかけてきたそうだ。彼女も佑子も初めて会う男で、黒いセーターに革ジャンを着てハンチングをかぶった目つきの鋭い五十代の男で、そのすじの人間か、警察関係者のように見えたという。

「お連れのお嬢さんは、中島佑子さんですね」

突きつけられた唐突な質問に当惑したマネージャーの白崎が返答を避けると、男はいきなり、

「そのお嬢さんは、前に誘拐されたお子さんかもしれないのですが、そのことはご存知ですか？」

といった。

白崎は驚いて佑子を背後に隠したが、男は胸ポケットから一枚写真をだして白崎に見せた。暗い公園のような場所で若い男が幼児を抱いている写真である。それは、権蔵がテレビ局の許可を得て映像の一部をプリントしたものだった。地震当時、そうした映像があったということを、権蔵は例の函館の刑事から聞いていたのである。

「これは？」

「そこで抱かれている子が、佑子さんかもしれないんです」

「……」

「うしろのお嬢さんと話をさせてもらえませんか」

「それはできません」

白崎は断ったが、男は背後に回って、いやがる佑子の手をとると、離れた場所へ連れて行って何やら話をしていたという。

男が去ったあと、白崎は佑子に話の内容を訊いたが、佑子は何も答えなかったという。あきらかに動揺していて、あしたもレッスンはありますかとだけ訊いて、そのまま黙って歩き続け、いつもの市ヶ谷の駅で別れたという。

今日は午後の三時からダンスのレッスンがあった。それに間に合うように佑子が家を出たのは真理亜も知っていた。しかし、時間になっても佑子は現れなかったというのだ。

ずいぶん待っても来ないので、佑子に電話してみたが、呼び出し音が鳴るだけでつながらない。何度かけても同じことなので、家の人に訊いてみようと真理亜に電話をいれたが、それもつながらなかったという。運悪く、そのとき真理亜はスマホを家に忘れてデパートで買い物をしていたのだ。

レッスンが終了する時間になっても、とうとう佑子は現れなかった。佑子を待っていたダンスの教師は次の生徒の指導にあたったが、そのレッスンが終わりに近づいたころ、佑子から電話があった。

「休んですみません」

「佑子ちゃん、今どこにいるの？」

白崎が尋ねたが、佑子は居場所をいわずに電話を切ったという。問題が起きたに違いないと、白崎は必死になって佑子を探したが見つからない。途方に暮れていると、夜の九時少し前に佑子から電話があった。羽田空港にいるというので迎えに行って、いまお連れしたところですと白崎はいった。

「申し訳ありませんでした」

彼女は深々と頭を下げた。

「おあがりになりませんか」

「いえ、遅いので失礼します。ご心配をおかけして本当に申し訳ありませんでした」

白崎は背を向けたが、つと振り返って、

「あの……佑子ちゃんが、プロダクションをやめるようなことは？」

「ありません」

真理亜は即答した。そんなことがあっては困るのだ。真理亜はなんとしても佑子を有名にしたいのだ。

白崎が帰ると、真理亜はすぐに二階の佑子の部屋へあがっていった。

「電話ぐらいできたでしょうに。何やってたの！」

心配のあまり口調が強くなった。

「ごめんね、心配かけて」

明かりもつけずにベッドに腰かけていた佑子は、下を向いたまま蚊のなくような声で謝った。

「もし、あなたに何かあったら、お父さん、どれだけ心配するかわかってるの？」

佑子はそれには答えず黙っていたが、

「変な人に会ったんだって？」

と、真理亜が部屋の電気をつけながら訊くと、佑子が顔をあげた。

「さらわれたとかなんとかいわれたんでしょ？　そんなバカなことを信じちゃダメよ。ほかにも何かいわれたんでしょ。なにいわれたの？」

佑子の口は開かない。

「いやなこと？」

「……お母さん、もう寝ていい？　疲れたの」

よほど疲れているのだろう。真理亜が心配して近寄ろうとすると、
「あしたにして、お願い」
佑子は真理亜を制してベッドに横になった。

ありさ、すなわち中島佑子を救った高橋幸一は、新潟の母親にカネを渡したのち消息不明となり、それが何年も続いたため、母親の信子はやむなく失踪届を出し、それが受理されて、高橋幸一の死亡は確定していた。権蔵は幸一のことも気がかりだが、今は専《もっぱ》ら中島佑子に心が向いている。権蔵は佑子に不意打ちをくらわせてからすぐに北海道へ帰ったが、二週間ほどしてやっと佑子取材の許可がでて、権蔵は再び東京のプロダクションにやってきた。

応接室に通されて、少し待っていると、権蔵と同じ年頃の男が、もうひとりの若い男を連れて入ってきた。

年配の方が社長で、ブラウンの細い眼鏡をかけている。眉はきりりと手入れされ、顔は適度に日焼けして鼻筋が通っている。この業界にふさわしいハンサムな男だ。

背広はいかにも高級感のある紺のスーツでノーネクタイ。時計は、権蔵でもひとめでわ

かるロレックスだ。靴は色をおさえた柔らかそうな皮で、これも高級品だろう。社長のとなりに座った男は三十代のようだが、こちらはごく普通の男である。

「北海道からわざわざいらしたそうで」

社長は穏やかな口調で言葉を発した。

「はい、小樽からです」

「中島佑子の件だそうですが、いったいどのようなことで？」

「早速ですが、中島佑子さんは、十年ほど前にあった北海道の地震でご両親をなくされていますよね」

「ええ、かわいそうな子ですが、でも今は違いますよ。ちゃんと親はいます」

「会わせてもらうことはできますか？」

「それは無理です。あまりにも取材が多くて、しばらく人に会うのはやめにしてくれとご両親から堅くいわれています。それに……どうしても彼女に会わなければならない特別な理由でもおありですか？」

「いえ、それは特に……」

「遠慮は無用ですよ。せっかく遠くから来られたんだし、私でお答えできることであれば」

期待は外れはしたが、それではと、権蔵は口を開いた。

「もしもの話で恐縮なんですが、実は、中島佑子さんは両親を亡くされたのではなくて、父親が生きている可能性があるんです。――それともうひとつ」

「はっ？」

「あの地震と津波で母親が亡くなったのは確かですが、母親と一緒にいて死んだと思われた赤ちゃんが生きていたようで、年恰好からみて、どうも中島佑子さんじゃないかと思われるんです」

「なんですって!?」

若い男が素っ頓狂な声をだしたが、とたんに社長の顔色も変わった。

「あんただな！　佑子に余計なことをいったのは！」

それまでの丁寧な言葉が一変した。

「だから佑子が仕事にならないんだ。どうしてくれるんだ！」

あまりの剣幕に、となりの男は唖然としてふたりを交互に見やっている。

「あんた、佑子を待ち伏せしてたそうじゃないか」

「どういうことですか？」

「とぼけなさんな。みんなマネージャーから聞いてるぞ」

社長は権蔵をにらみつけた。

「あんたがデタラメをいったから、佑子が混乱しちまったじゃないか。レッスンにも身が入らない。わたしの親は生きているんでしょうか、誰にきけばわかりますかと質問を繰り返し、挙句の果てに、しばらくレッスンを休みたいともいい出しているんだ。こんなことじゃ、今後のスケジュールも何もあったもんじゃない。あんた、責任をとれるんですか！」

「まあ、落ち着いてください。わたしはなにも喧嘩をしに来たんじゃありません。ただ、事実をご存じですかとお訊きしに来ただけですから」

「知るも知らないも、そんなことは聞きたくもないし知りたくもない。取材させてくれというから会ってみれば、デタラメをいって中をひっかき回そうとする。それが取材ですか！」

「事実を告げて、その反応を書かせてもらう。取材とはそういうものですが」

「ああいえばこういう。どうしようもないが、佑子にいったことは証拠があるんですか？いくらなんでもバカげた想像というもんですよ。小説ならまだしも」

社長はそういうが、疑うに足る証拠はあるのだ。

中島佑子の取材を待たされている間、権蔵は慎重にありさのことを調べていたのである。交番前でありさを発見した警察官と会い、その交番勤務の同僚たちからも話を訊いた。乳児院にも足を運んで、ありさを引き取った人間の情報を得ようとしたが、さすがにこれは無理だった。しかし、何度も足を運んだことに免じて、世田谷に住んでいる人にもらわれていったことだけは教えてくれた。

権蔵は、小樽新報社時代の同僚で司法試験くずれの男に小遣いをやって、東京の世田谷区内にある中島という家を探させた。

中島姓の家は数多くあったが、権蔵は上京してそれらの家の近隣情報を頼りに目ぼしをつけ、レンタカーを借りて近くで張り込んだのち、学校帰りの佑子を待って、ついにタレント中島佑子の家を発見したのである。

権蔵は車内から佑子の写真を何枚も撮り、それを慶応大学の研究室へ持ち込んだ。そこでは、高校時代に権蔵よりはるかに頭の良かった同級生が教授になっていた。彼はアメリカで開発され日本の警察の科学捜査にも提供される予定のサーチ・オリバーという最新の写真解析システムを、主幹という立場で検証にあたっている。

権蔵は、昔の年賀状に写っているありさの顔と今の中島佑子の顔をコンピューター分析にかけてもらった。顔をはじめ、体の成長変異に関するデータを入れて幾通りもの比較結果を出してみると、その多くが八十パーセントを超える確率で、ありさが中島佑子である可能性を示したのだ。あとは、秋田にいるありさの父親との遺伝子情報が合致すれば、中島佑子はありさであることが判明するのだ。

権蔵は興奮を抑えきれないまま東京の研究室から秋田へと飛んだ。

父親の居場所はわかっている。家ではなく勤め先の会社だが、ありさの父親が秋田にいて震災を逃れたと聞いたとき、いつか取材にいこうと、妻の友人から訊いておいたのである。

勤め先の自動車販売会社を訪ねると、彼は転職せずにまだそこにいたが、本店から大曲の支店へと移動になっていた。権蔵はそこへ足を伸ばし、彼を呼び出してもらった。

「沢田ですが……」

男の声は明らかに初めて会う権蔵を警戒していた。

「境川といいますが、お忙しいところすみません」

すでに境川が来ることは伝わっていたのだろう。男は権蔵をショールームのテーブルへ案内した。少し神経質そうな細身の男だが、端正な顔立ちをしている。四十をちょっと過ぎたくらいだろうか。

権蔵が十年前の奥尻島での地震の話を持ち出すと、途端に男の表情が曇った。

「当時のことは思い出したくありません。車の話でないのでしたら、申し訳ありませんが」

男は腰を浮かしかけたが、権蔵はひきとめた。

「もし、当時のお子さんが生きていれば、今は小学校の高学年です。失礼ですが、お子さんは本当に亡くなられたとお思いですか？」

「どういうことでしょうか」

「つかぬことを伺いますが、お子さんのご遺体はごらんになられましたか？」

「妻は海で見つかりましたが、娘のほうは……」

「まだ見つかっていませんよね。だからこそ、生きているかもしれないと申し上げているんです」

権蔵は男に函館署で聞いた話をした。震災の夜に、津波を逃れた先で、ありさの実家である不動産屋の男が幼児を抱いていたのを見た者がいるということ。それとの関係は不明だが、翌日、札幌の交番前に幼児が置かれていたこと。その子がありさと同じくらいの年齢だったということをである。

「そんな事があったんですか！」

彼は驚き、あとは無言となったが、しばらくして顔をあげてこういった。

「ありさが生きていたなんて、とても信じられません。震災当時、どれほど私がありさを探し回ったか。あなたにはお分かりにならないでしょう。それと……申し訳ありませんが、もう二度といらっしゃらないでください。わたしは再婚して二歳になる子どももいるんです」

しかし権蔵は、ありさを発見した折には是非とも遺伝子検査をお願いできないかと頼んでみたが、お断りしますと彼はそっけなく返した。

親なら引き受けるべきではないのか。雰囲気からして薄情な男とは思えないが、ごたごたを引き込んで新しい家庭を壊されたくないのだろうと権蔵は思った。ともあれ、二週間も中島佑子の取材を待たされた権蔵であったが、それがかえって好機となって、事前にこうした調査ができたのである。

権蔵を前に、プロダクションの社長は語気を強めた。

「とにかく、はっきりとした証拠がない限り、そういった話は口にしないでください。社会に誤解を与えかねないし、わたしたちにとっても迷惑千万です！　それと、もう金輪際、佑子には近づかないでください。それでもなおあなたが佑子と話し、彼女がさらなる動揺をきたして今後のスケジュールに支障が出るようなことがあれば、とんでもない金額の賠償請求がいくものと思ってください」

権蔵に一発かましたつもりだろうが、権蔵も負けてはいなかった。

「事実であれば、当然記事として書かせてもらいます。ただし、そうなったときは社長さん、事務所ぐるみで世間をだましたことになるんです。なにしろ中島佑子の両親は死んだことになっていますからね。知らなかったではすまないでしょう。そのことをネタにして売り出したのだと世間が騒ぎ出したら、それこそ、とんでもない金額の損失となるでしょうね」

権蔵の返しが効いたのか、社長は口をへの字に曲げたが、ロレックスの時計に目を落とすと、

「申し訳ありませんが、次の予定があるので……。先ほどの話はまた日をあらためて」

といって腰をあげた。

権蔵も部屋を出た。先行きのことを考えながら廊下を歩いているとポケットの中でスマホが震えた。

「権蔵さん。はやく、帰ってきて」

妻の泰子だが、ささやくような声で、力なく、今にも消え入りそうだ。

「どうした?」

権蔵が訊くが返事がない。

「おい、どうした! 泰子、どうした!」

呼び続けると、

「ごめんなさい。……ちょっと気分が……。でも、もう大丈夫」

そうはいうものの、声の調子からして明らかにおかしい。権蔵は急いで羽田空港に向かい、小樽へ帰った。

家に入ると、「どうしたのかしら。へんよね、権蔵さんが帰ってくると思ったら、いっぺんに治っちゃった」と、泰子は普段と変わらぬ明るさで権蔵を迎えた。腹のあたりが少しおかしかっただけというが、出張前とくらべると顔がいくぶん細くなったようだ。

「齢をとると、このあたりがゲソッとするのよね」

泰子は両手を頬にあてたが、今にして思うと権蔵には気がかりなことがあった。半年ほど前のことである。天気が良いので小樽の運河沿いをふたりで散歩していたときのことだ。泰子が急にしゃがみこんだ。貧血かしらといってすぐに立ちあがったが、それから口数も少なく、家に帰るまでの足取りもゆっくりだった。

あんなことは今までに一度もなかった。そこへ、今回の、早く帰ってきて、である。権蔵は気になってならない。

翌日、泰子が買い物に行くというので、一緒に行こうと先に表へ出て待っていると、なかなか出てこない。戻ってみると、泰子は背を丸くして腹に手を当てている。つらそうだ。医者に行こうかというと、

「だいじょうぶ。ちょっと待ってね。すぐ治ると思うから」

と、泰子はそのままの姿勢でしばらくじっとしていたが、良くなったというので、そろって家をでた。

「本当に大丈夫か？」

しばらくして訊くと、

「ああ、さっきのあれね。いいたくないけど、お通じが……。やだ、聞かないで」

と、泰子は恥ずかしそうに権蔵をつついた。

泰子が口にした買い物とは、権蔵の服を買うことで、これを着てみてとか、違う色がいいかしらといって、自分のものはなにひとつ買わずたくさんの店を見て回った。

次の日の午前中、泰子の心配から解放された権蔵は、ありさをとりまく一連のことがらについて整理していた。すると、昼近くになって泰子がそばにきて、スーパーでお昼を買ってきてもらえないかというのだ。

「俺、ひとりでか？」

「なにごとも経験ですよ」

泰子はそういって、スーパーへひとりで行ったことのない権蔵を送り出した。

スーパーには、たくさんの弁当が並んでいて、権蔵はかつ丼とサケ弁当をカゴに入れてレジに並んだ。周囲の目が注がれているようで恥ずかしい。

「イオンカードはお持ちですか？」

女の店員にいわれて、泰子から渡された財布をのぞくが、いろいろなカードがあってどれがどれだかわからない。

「あ、その青いカードです」

いわれたカードを出そうとしたが、もう一枚が同じ場所に挟まっていて、引き抜くのに手間取ってしまった。

精算を終えて、カードを財布に戻そうとすると、さっき抜いた場所にあったもう一枚は病院の診察券だった。小樽医療センターとある。泰子が病院に行ったとは聞いていない。どんな些細なことでも打ち明けてくれた泰子である。こと病院となれば穏やかではない。

権蔵は家に帰って泰子と一緒に弁当を食べ終えると、本屋に行って来るといって外へでた。スマホを耳にあて、小樽医療センターに電話した。家族の者だが、泰子の次の診察日を確認したいというと、あさっての午前十時だと教えてくれた。血液検査とCT検査を済ませてからの診察になるので、九時過ぎには病院に来てほしいという。権蔵は担当医の名前を訊いて電話を切った。

泰子が病院に行くのはあさってだ。権蔵は、その前に担当医に会って話を訊いてみようと思った。

翌日、泰子に内緒で小樽医療センターへ赴くと、担当医は権蔵が泰子の夫であることを疑った。泰子は、病状の説明に家族を連れてきて欲しいといわれたとき、夫は海外赴任で今度の一時帰国はいつになるかわからないといったそうだ。しかたなく彼は、泰子だけに診断結果を説明したという。権蔵は胸騒ぎを感じながら運転免許証を出すと、医師は権蔵を夫と認めてパソコンに体を向けた。

なんと、泰子は膵臓ガンだった。症状の出にくいガンで、発見されたときは手遅れであることが多いのは権蔵も知っている。

「奥さまの場合は、ほかの臓器への転移もみられます。残念ですが、よくて半年、もったとしても一年は無理でしょう」

医師は、手術・放射線・抗ガン剤と、一般的なガン治療を説明してくれたが、要は手遅れで抗ガン剤に望みをかけるほかないというのだ。

「治ることは絶対にないのでしょうか」

どんな方法でもいいから、なんとか助けてほしいと頼み込む権蔵に、抗ガン剤が現在の我々ができる限界ですと医師はいった。

病院の駐車場に戻っても、まだ夢を見ているようだった。あなたの最愛の人は、あとこれだけの命ですよと、突然泰子との生活の終わりを宣告されてしまったのだ。

家の玄関のドアをあける手は、鉛のように重かった。

「おかえりなさい」

いつも通り泰子は出てきたが、

「あした急に仕事を頼まれてしまった。朝早く出かけるから」

と、権蔵はいった。

「あら、珍しいわね。何時？」

泰子は目を丸くして首を傾けた。

「七時前にでるが、おまえは寝ていろ。特に予定はないんだろ？」

「別にないけど……。帰りは夕方？」

「ああ」

思ったとおり泰子は嘘をついた。九時過ぎには医療センターに行かなければならないのだ。権蔵は、泰子が言い訳をしなくて済むように家を早く出ることにしたのである。

朝になって権蔵は電車で札幌へ向かった。ファミリーレストランで時間をつぶし、本屋に寄ってから札幌駅のシネマコンプレックスで映画を観た。

映画が終わると午後一時を過ぎていた。今ごろ泰子は診察が終わり、入院して抗ガン剤の点滴を受けることになると医師からいわれているだろう。抗ガン剤は三週間続けて一週休み、それを三回続けると聞いている。

権蔵は、さらに街をぶらつき、暗くなってから家に帰った。

権蔵が夕食のテーブルにつくと、泰子がエプロンをはずしながら、

「権蔵さん、わたしね、今日病院へ行ってきたの」

と、さりげない口調でいった。

しかし、権蔵と目があったとたん、泰子の表情は急にかげり、今にも泣きだしそうになった。事情を知っているだけに、権蔵は言葉がでない。

「驚かないでね」

泰子は涙声になった。

「どうした？」

「わたし、ガンになっちゃった。ごめんね。――もう、だめみたい」

みるみる泰子の目に涙が滲んできた。

日を置かずして、泰子の抗ガン剤の治療が始まった。ひどい吐き気に襲われ、体重も落ち、顔はどす黒くなっていった。

一ヶ月が過ぎた頃、権蔵は医療センターに呼ばれ、担当医からある情報を渡された。それは新薬についてだった。オリブレックスという新薬が肺ガンに著しい効果をあげていて、つい先ごろには、膵臓ガンにも効果を発揮した事例が報告されたという。泰子に使ってみてはどうかというのだ。

ただ、保険が適用にならず、目の玉が飛び出るほどの金額だった。一回の投与だけで三百万円。三クールだから一千万近くかかる。おまけに、この薬は異常なほどの人気で、手に入らないことをいいことに、悪徳ブローカーが暗躍するまでになっているという。

「いったい薬価がいくらで落ち着くのか。我々にもわからないのが現状です。それに、肺ガンなら自信をもっておすすめしますが、奥様のような膵臓ガンにも同じような効果が期待できるかどうかは断言できません」

医師は遠慮がちにいうが、権蔵はぜひ使ってほしいと頼んだ。

「本当に費用がいくらかかるかわからないんですよ。それに効かないこともあり得るんです。それでもおやりになりますか？」

「かまいません。なんとかお願いします。ほかの人に回ってしまうと困るから、あしたにでも薬代を払います」

権蔵はわらにもすがる思いだった。しかし、実際はそんなにたくさんのカネはないのだ。泰子がガンとわかってから、家にあるカネを全部計算してみたが、郵便局の定期をいれても一千五百万円しかない。家を建て、去年死んだ母親の介護費用にも使っていたから、それが権蔵に残されたカネのすべてだった。

二日後、担当医師から電話があり、権蔵の願いはかなえられた。すぐにでもオリブレックスを使ってみましょうと約束してくれたのだ。

しばらくしてオリブレックスの投与が始まったが、権蔵は病院に泰子を見舞うたびに切ない気持ちになった。泰子が不憫でならないのだ。

今はこれといった仕事のない権蔵は、どんな仕事でもいいから働いて気持ちを紛らせようと、コンビニで買ってきたアルバイトニュースをひらいたときである。そばに置いたスマホが鳴った。

「金村ですが」

会津若松の福祉施設で療養している金村良治からだ。

「そのせつはどうも」

あれから一本も電話をよこさなかった金村である。権蔵が社交辞令で足の具合を尋ねると、おかげさまでとお決まりの文句を並べたあとで、耳を疑うようなことをいいだした。

今建てている介護老人保健施設の経営母体であるブロンクスの社長が、ひょっとしたら高橋幸一ではないかというのである。名字も同じ高橋で、年恰好も同じ。若いときにアメリカにいた事があるという。さらに奥尻島にいたこともあるというのだ。

幸一の母親である信子にそのことを伝えたかと権蔵が訊くと、まだ話していないと金村は答えた。信子にいう前に権蔵に電話したのだが、このことは信子に黙っていてほしい。さらに、その社長が幸一であっては困るともいった。

おかしな話である。幸一のことを知っているふたりが、かたや幸一であっては困るといい、もう一方は、話を聞けば幸一であって欲しいと願うはずなのだ。

金村は話を続けた。

「そこで、お願いがあるんですが、境川さん、こっちへ来てわたしの話を聞いてもらうことはできないでしょうか」

「それは遠慮させてもらいます」

権蔵は即座に断った。

「御礼はさせてもらいます。一日だけでいいんです。お願いします。飛行機の切符はこちらで手配しますし、迎えにもいかせます。なんとかならないでしょうか」

「無理です。申し訳ありません」

どんな事情があるにせよ、今の権蔵は泰子のことで頭が一杯なのだ。

「日当もお払いします。五万でいいでしょうか。――わたしの会社は来年東証プライムに上場予定なんです。へんなうわさが立っては困るんです」

うわさなどどうでもいい。それよりも、五万円の日当にひかれて権蔵はアルバイトニュースを閉じた。移動を含めて二日。それだけで十万円が手に入るのだ。今はとにかくカネが要《い》る。

「一日だけでいいんですね」

権蔵は金村の要求を呑んだ。

北海道を出た権蔵は、新潟空港へ着くと高速バスで会津若松へ向かった。

バスを降りると、金村良治が差し向けた若い男が待っていた。下郷町へ行く道すがら、金村の会社の社員だというその男に会社のことを尋ねてみると、左官屋あがりの金村良治が興した会社は、今や業界でも有名で、さまざまな建材を手広く扱っているという。正社員だけでも五十人以上いるそうだ。

「儲かっていますか」

「それほどではありませんが、まあ、おかげさまで何とか」

男は運転しながら頭をさげた。

彼は、今建築中の老健施設が計画段階のときから下郷町に来ているようで、ここの冬は雪深く、断崖絶壁の狭い道を通るときは生きた心地がしないといった。たしかに山に入ったとたんに道は狭くなった。ときどきクマも出るというこんな山奥に老健を建てて採算がとれるのだろうかと権蔵は思った。

「ところで、その老健の経営者も、今の福祉施設と一緒でブロンクスの社長さんなんでしょ？　若いんですってねえ」

「ええ、そうなんです。とってもやり手で、そのうえかっこ良くて、わたしたちだけでなく、職員研修にくる女性たちや地元の人たちにも人気があるんですよ」

嬉しそうに話す男の言葉を聞いて、たいしたものだと権蔵は思った。

しばらくすると、金村がいるという福祉施設が見えてきた。

権蔵は男に案内されて金村の部屋へ向かった。

金村は権蔵を見ると、挨拶もそこそこに口を開いた。

「ちょっと長くなりますが、いいでしょうか」

「どうぞ。その前にひとついっておきますが、高橋幸一なんていう名前は世間にいくらでもありますよ。それにアメリカへ行く人間など腐るほどいる時代です。ただ……奥尻島にいたということだけは、ちょっとひっかかりますけどね」

　そう権蔵が釘をさすと、

「実は、下の名前は違うんです」

　と、金村がとんでもないことをいった。

「高橋慈明《これあき》というんです。慈悲深いの慈に、明るいの明です」

「それじゃ話になりませんよ。幸一じゃないのなら、明らかに人違いでしょう」

「でも、生年月日がまったく一緒なんです」

「生年月日が同じ人なんて山ほどいますよ」

「それはそうですが、電話でもいったとおり、彼は奥尻島にいたことがあるんですよ。それも二十歳《はたち》くらいのときに」

「どうしてそれを?」

「この施設は新しいのはいいんですが、ただ交通の便が悪くて、施設見学会に来てくれる人には至れり尽せりなんです。この前も大勢の人が来ましてね、そのとき、地元の有力者も来ていて、社長は今度敷地内にできる老健を自慢したかったんでしょう」

「そこに社長が来た。実際に彼を見たんですね」

「はい」

金村は話を続けた。

「施設の説明が終わって、社長は入所希望の家族たちと一緒に昼めしを食べたんですが、わたしも同じ席にいました。漆喰のことも家族たちに訊かれましたしね。そこに、家族についてきた北大の学生がいまして、雑談の途中で、最近奥尻島に遊びに行ってきたといったんです。そのときですよ。なんと、自分も奥尻島にいたことがあると社長がいったんです」

権蔵の脳裏に、幼児を抱いて逃げる若い男の姿が浮かんだ。

「そうしたら、ここに入所している爺さんが急に話に割り込んできましてね。俺はここへ来るまえ奥尻島にいた。ひどい地震に遭って俺ひとりだけ助かって、その後はたらいまわしにされて、やっとここで世話になることができた。あのとき、社長さんも奥尻島にいましたかといったら、社長はすぐに頷いて、津波が襲ってきた様子を身ぶり手ぶりで話し始めたんです。ところがですよ、しばらくして急に話を変えたんです。他人から聞いたことにしたんですよ。あれだけその場にいたような話をしていたくせに、自分は島の奥まったところにいて、その話は人から聞いた話だと、今までの話を他人の話にすりかえてしまったんです」

金村は興奮していた。

「もし、その社長が高橋幸一だとしたら、これは母親の信子さんにとっても大変なことですよ」

権蔵も目を剥《む》いた。

「そりゃそうです」

「信子さんにはまだそのことを話していないんですよね？」

「ええ、はっきりしないことには」

こんな重要なことを金村はまだ信子に話していないのだ。権蔵は釈然としない。

「まあ、それはいいとして、その社長が高橋幸一であっては困るとおっしゃっていましたが、それはどういうことですか？」

「問題はわたしの過去なんです」

「というと？」

「誰にも話したことはありませんが、むかし、警察に捕まったことがあるんです」

土建関係の仕事に喧嘩はつきものだ。権蔵は特に驚きはしなかったが、

「まだわたしが、人に使われていたときのことです。――人を殺したとか、そんなんじゃありませんよ。盗みです。一緒に働いていた男がカネに困って……」

「手を貸したとか」

「いや、犯行には関わっていません」

「じゃ、なぜ捕まったんですか？」

「わたしの靴が問題でして……。彼はしょっちゅうわたしの家に来て一緒に酒を飲む仲だったんですが、あるとき、知らぬ間にわたしの靴をかすめて、それを履いて盗みに入ったんです。残った足あとから、わたしが犯人にされまして」

「当の本人は？」

「あとで捕まりましたが、当初は濡れ衣を着せられて、お前がやったんだろうの一点張りで――。今思い出しても腹が立ちます。不起訴にはなりましたがね」

金村が心配しているのは、受け取った幸一の死亡保険金のことだった。実際は幸一の母

親信子が受け取っているが、信子は今自分の妻だという。うすうす感じてはいたが、やはりそうだった。

「幸一が生きていたことになれば、わたしが詐欺を働いたといわれかねません。わたしは足あとの件で疑われた以外に、恐喝で警察の世話になったこともあるんです、そうした記録が警察に残っているはずですから、それを持ちだされて、お前なら詐欺もやりかねないということにでもなったら」

強面《こわもて》の金村は、外見からしてやくざ者と思われることも無きにしもあらずかと権蔵は胸中で思ったが、

「そんな昔の記録が残っていますかね」

と、安心させるつもりでいうと、

「甘いですよ、境川さん。今はなんでもコンピューターの時代です。どんな古い事件もデジタル化されて残っているし、怪しいと思ったら、やつらはどんな昔のことでも引っ張りだしてきますよ」

金村は心配の色を強めている。

「夫が保険金詐欺を働いたようだなんて騒がれたら、信子はどうなりますか。それに会社

だって上場を控えているんです。週刊誌に書かれでもしたら、世間はクロと判断してしまいますよ。違いますか」

心配のし過ぎだとは思うが、金村の危惧することも理解できる。まずは当の高橋幸一に会うことが先決だろう。

「その、幸一かもしれないという高橋社長ですが、開業を控えているから、何度かここへ来て打ち合わせをしているはずですよね」

「え、まあ」

「今度いつ来るかわかりますか？」

「いや、それはわかりません」

「じゃ、誰かに頼んで高橋社長がここへ来る日を訊いてください」

日取りさえわかれば、その日にここへ来て居合わせ、取材という名目で会うことができる。

金村はすぐに部下に電話してその旨を伝えると、あさっての午後一時からの月例会議に社長が出ることがわかった。しかし、金村は権蔵がすぐ北海道へ帰ってしまうことを知っている。

「境川さん、あさってまでいてもらうことはできないでしょうか」

金村は頼んだが、権蔵は残してきた妻泰子のことが気がかりである。すぐに帰ると返答すると、

「なんとかお願いします。女房にも来てもらいますから。それと……これですけど」

ベッドの金村は体をねじって後ろに置いた写真を権蔵に手渡した。その写真にはカーフェリーを背にした若者が写っている。

「それは、幸一が奥尻島へ行くとき、新潟のフェリー乗り場で信子が撮った写真です」

「ずいぶん若いですねえ」

なにしろ十年以上前の写真である。これを頼りに、あさって来る社長が幸一かどうか確かめて欲しいというのである。信子を連れて来ればすむことじゃないかと権蔵がいうと、信子は会いたくないといっているが、無理にでも来させて立ち会わせるという。

会いたくないとは不可解なことだと権蔵は思った。普通の親なら、何がなんでも会いたいと思うはずだ。

「境川さん、なんとか、あさってまで居てもらうことはできないでしょうか」

金村が再び懇願した。

吊ってある金村の足がブラブラ揺れて、必死さが伝わってくる。権蔵は滞在を延ばしてやろうかと思ったが、黙って北海道を出てきたからには長くなるなら泰子に連絡をしなければならない。

病院では携帯電話の使用が禁止である。権蔵はナース・ステーションに電話して、三十分ほどあとで電話をするから、そこへ泰子を連れてきておいてほしいと頼んだ。

電話を聞いていたのだろう。権蔵の妻が病院に入院していることを知った金村は、なんの病気かと訊いてきた。膵臓ガンだと答えると、金村もその恐ろしさを知っているようで、二の句が継げず黙ってしまった。

権蔵は金村の部屋を出て、三十分ほどうろついてから病院に電話を入れた。泰子は権蔵の滞在理由についてろくに訊きもしないうちに声を潜め、それはわかりましたが話があるのであとから公衆電話からかけ直しますといって電話を切った。まわりにいる看護師に気をつかってのことだろう。

金村は、権蔵が滞在を延ばしてくれたことを大いに喜んだ。さっそく部下の斎藤にいって、車で二十分ほどのところにある旅館に権蔵の宿をとらせた。

金村は喜んでも権蔵の心は暗いままだ。施設の一階におり、広い中庭に出てみたが、全面に芝生が敷かれて中央が小高くなっていて、形の良い木も数本立っていた。ベンチに腰をおろすとスマホが鳴った。泰子からだ。

「ねえ、聞いて聞いて！　わたしと同じ病気の人が、オリブレックスで治ったんだって！」

今までにない、明るく弾むような泰子の声だ。

「あなたにも効果が期待できますねって先生がいうの。わたし、もう嬉しくって」

権蔵にとっても夢のような話だ。

「よかった、よかった！　辛くても、オリブレックスを続けるんだぞ。いいな！」

「うん。……でも、権蔵さん、お金、どうするの？」

泰子の声が急に小さくなった。

「ねえ、教えて。どうやって工面するつもり？　もうほとんど無いはずよ」

「いいから心配するな。せっかく希望がでてきたんだ、余計なことは考えるんじゃない。いいな、わかったな！」

最後は怒鳴りつけるような口調になったが、治ると思うと権蔵は嬉しくてたまらない。

あの明るくて元気な泰子が戻ってくるのだ。

だが、すぐにその喜びは不安にとって変わった。次の投与に必要なカネが準備できていないからだ。

　その夜、権蔵は老舗旅館の露天風呂につかり、川のせせらぎの音を聞きながら目を閉じていた。ほかには誰もおらず、ときおり遠くで人の声がするだけだ。ふと、空を見上げると、澄んだ空気の中でたくさんの星が瞬いている。権蔵は、さっき交わした女将との会話を思い出した。新しくできる老健施設のことを尋ねたのだが、女将はもちろんそのことを知っていて、施主であるブロンクスの社長も会津に来るたびにここに泊まっていくといっていた。あさっても来るといっていた。彼もこの露天風呂に入っていたのか。そう思うと権蔵はなんともいえない気持ちになってあたりを見回した。

　翌朝、朝食のあとで斎藤が権蔵を迎えにきた。明日の会議に権蔵も出るのかと訊いてきたが、その予定はないと答えると、自分の彼女が明日の会議に出るという。

「ほう。彼女さんがですか？」

「はい。わたしと違って頭がいいので」

「同じ会社の方ですか？」

「いいえ、ブロンクスの社員です。わたしがここへ来たとき、はじめて出会って」

　斎藤は少し顔を赤らめたが、訊かれたことが嬉しいらしく、

「大学院を出て心理療法士の資格を持っているんです。老健ができたら入居者の心のケアに当たることになっています」

「ほう、心のケアですか」

「はい。――そういえば、高橋社長は僧侶の資格も持っていらして、わたしなんか分かりませんが、彼女ともよく話が合うようです」

慈明という名は、そもそも坊さんらしい名前だから、実家が寺か、そうでなければ、よほどの博愛主義なのだろうと権蔵は思っていたが、斎藤の話を聞いて権蔵はハッとした。

高橋社長は名前を変えるつもりで僧侶の資格をとったのではないか。僧侶資格による名の変更と呼ばれるものである。とはいえ、今は昔と違って名の変更はほとんど不可能に近い。

社会でテロや犯罪がひろまり、それに利用されそうなことはことごとく拒否され、坊主といえども、戸籍の名前まで変えるのは至難の業となっている。法名《ほうみょう》は法名として使えばいいことで、戸籍まで変える必要はないというのが今の裁判所の見解である。

オンラインカジノにはまり、現金が目の前になくてもできるということから金銭感覚がマヒし、サラ金に手を出し、瞬く間ににっちもさっちもいかなくなった坊さんが、別のところから借りようとして名前の変更を裁判所に申請したが、却下されたことが実際に小樽でもあったのだ。

福祉施設に着いて、権蔵が金村の部屋へ行くと、金村は読んでいた新聞をわきへ置いて、

「信子が、こっちへ来られないというんですよ」

と、困ったような顔でいった。

特別な用があるらしいが、死んだと思っていた息子に会えるかもしれないのだ。何をさしおいても飛んでくるべきだろうと権蔵は思ったが、別の機会でもいいし、そのうち東京の会社へ行って確かめることもできるから、別に急ぐ必要はないと信子はいったそうだ。

「何をいっているんですか。奥さんは幸一の母親なんですよ。そんな機会があれば、親だったら会いたいに決まっている。本人かどうか、一刻も早く確かめたいと思うのが普通でしょう。会えば、十年たとうが二十年たとうが、自分の子だったら絶対にわかるはずです。首に縄をつけてでも来させるべきじゃないですか」

「……」

「それともなんですか。奥さんも金村さんと同じく、ここの社長が幸一であっては困る事情でもあるんですか」

「いや、そういうことはないと思いますが」

生年月日の一致。奥尻島にいたという話、それにアメリカにいたという事実からして、高橋慈明というブロンクスの社長が幸一である可能性は高い。ただ、下の名前が違うということがひっかかるが、信子が幸一と対面すればわかることだ。

権蔵は金村に目の前で信子に電話をさせた。

電話がつながっても金村と信子のやりとりは要領を得ない。やきもきしていると、金村は、かわってくれといわんばかりに権蔵にスマホを差し出した。

権蔵が出ると、

「境川さん。さっきも金村にいいましたが、どうしても行かれないんです。前々からの約束があって。それに、朝電話をしてきてすぐに来いといわれたって、無理ですよ」

「ムリって……。ご自分の息子さんですよ。その可能性があるんですよ」

「そうおっしゃいますが、名前が違うんでしょ。それに、息子はもう死んだことになっているんです。もういいですから、ほっといてください」

「会って困る理由でもあるんですか」

信子が息を詰めた気配が伝わってきたが、それも一瞬だった。

「あなた、記者さんでしたよね。何を書くつもりか知りませんが、金村と何をコソコソやってるんですか。いいですか、はっきりいって、こっちは迷惑なんです」

「迷惑？」

「ええ。ま、そういうことですから」

電話は一方的に切られてしまった。

権蔵は金村にスマホを返した。

「いやはや大変な奥様だ。ま、いいでしょう。明日になればはっきりするかもしれませんし」

「で、どうしますか？」

金村が権蔵の顔色を窺《うかが》った。

「一階におりて、ロビーで高橋社長の到着を待ちましょう。車イスには乗れますよね」

「まあ、なんとか」

「まずは一緒に彼を見てみましょう。それから取材ということで直接話を訊いてみます」

「で、わたしは？」

「取材のときは来なくていいです。部屋で待っていてください。やり手の若手社長と新しいシステムの老健施設ということでインタビューさせてくれといってあるので、まずわたしが会ってきます」

権蔵にはどうしても自分だけで高橋社長に会わなければならない理由があった。そばに金村がいて話がややこしくなっては困る。泰子のためのカネづくりが喫緊の課題で、それを失敗するわけにはいかないのだ。

権蔵は、懇意にしている大手出版社の編集長に頼んで五百万円の前借りを頼んでいた。津波を逃れ、カネを奪い、赤ん坊を助けた男の顛末と、捨てられたその赤ん坊が今をときめくタレントとなっている事実を、証拠を揃えて書き上げると権蔵は編集長にいったのだ。編集長は興味を示し、出来ぐあい如何《いかん》だが、出版となったらその印税を今回の借金の返済に回してもいいといってくれた。

そのためには、権蔵があした会う社長は、高橋慈明ではなく、何が何でも高橋幸一でなくてはならないのだ。

突然、権蔵のスマホが鳴った。だが、連絡先に登録してある人物からではない。

「もしもし、境川さんですか」

男の声だ。篠原と名乗り、佑子の所属するプロダクションの人間で、権蔵がプロダクシヨンに行った日、社長の横にいたそうだ。権蔵は男の顔を思い出した。

彼は、今月一杯で会社を辞め、来月から別の事務所に移るといったが、一緒に移る仲間として権蔵も耳にしたことがあるタレントの名前もあげた。みんな社長のやり方に嫌気がさして前々から移ることを計画していたという。

佑子も一緒に移るという。初めは移りたくないといっていたが、それもそのはず、佑子は社長から特別にかわいがられていた。そこで彼は最後の手段として、あなたの父親は生きているが、社長はそれを知っていて今まで隠してきたのだと佑子に話し、翻意を得たという。

聞いていて権蔵は気分が悪くなった。彼は、あのとき権蔵が社長に話したことを、自分では真実かどうかもわからないくせに、自分に都合のいいように利用したのだ。

もうすぐ中学生になるとはいえ、佑子はまだ子どもである。結局は金の卵を引き連れて行きたいだけなのだろう。

「お話はわかりました。それじゃこれで」

権蔵が電話を切ろうとすると、

「ちょっと待ってください。佑子ちゃんがここにいます。話したいといっていますので」

有無をいわさず篠原は電話をかわってしまった。

佑子は緊張した声で、父親が生きているのは本当かと尋ねてきて、すぐにでも権蔵に会いたいともいった。

と、権蔵の脳裏にある考えがひらめいた。もし、高橋社長が紛れもなく幸一本人で、その場に佑子も居合わせたとしたら、一枚の特ダネ写真が撮れるのではないか。運命の邂逅、津波がもたらした奇跡……。なんでもいい、センセーショナルなコピーをつければ世間の注目を浴びるのは間違いない。カネにもなり、泰子がオリブレックスを続けることができる。

権蔵は佑子に篠原と電話をかわるよういった。

「あした、佑子さんを連れてこっちに来ることはできますか。いま会津若松にいるんですが、わたしが北海道へ帰るまえに佑子さんも会いたいでしょうから」

「いや、それはちょっと……。佑子の両親の許可を得なければなりませんし、あとから電話させてもらっていいでしょうか」

篠原は即答を避けたが、もっともなことだと了承して権蔵は電話を切った。

「誰か来るんですか？」

金原が訊いた。

「いや、別に」

権蔵は部屋を出た。

すると、すぐにまた着信があった。公衆電話からで、今度は泰子からだ。

「この次のクスリ、どうしますかって先生に訊かれているの」

「どうするって、おまえ……」

「ねえ、怒らないで聞いてね。もう、無理をすべきじゃないと思うの。やめましょ、お願いだから」

「やめるって、なんだ。何をやめるんだ」

電話であれほど喜んでいた泰子が、オリブレックスをやめるというのだ。

「わたし、ずっと考えていたの。ねえ、権蔵さん、おカネどうするつもりなの。わたしだって、もうないのはわかっているんです」

「それはいいって、いっただろう！」

「いいことないわ！　……わたし、知ってるんです。そっちの方へ出かけていくのも、なんとかしてお金を作ろうとしているんでしょ。でも権蔵さん、これから先、いくらかかるかわからないのよ。それも百万単位でかかってくるのよ」

「そんなことは、わかってる！」

「わかってるじゃないの。――わたしのことは、もういいから。ね、権蔵さん、お願い。権蔵さんが変わっていくようで、わたし、怖いの」

「わかった。いいたいことは、よぉくわかった。でもな、泰子、とにかく早まらんでくれ。やめるなんて先生にいうんじゃないぞ。もう少しで帰るから、それまで待っていてくれ」

できるだけ穏やかに話すと、泰子は小さな声でわかりましたといって電話を切った。

ブロンクスの社長は幸一であってほしい。タレント佑子にもここへ来てほしい。そう願いながら権蔵は眠りについた。

翌日、権蔵は朝早く目覚めた。佑子が来るのか来ないのか、プロダクションの篠原はまだ何もいってこない。権蔵は金村から渡された幸一の写真と、ありさが写っている年賀状を交互に見て、それをジャケットのポケットにいれた。

朝食をとり、旅館を出て金村のところへ向かうと、篠原から電話がかかってきた。

「申し訳ありませんが、今日は伺うことができません」

今日のビデオ撮りを変更して会津に行こうとしたが、スポンサーの役員が来るということで変更できず、また、あしたはあしたで福岡のロケが入っているという。

「それと、佑子のスケジュールなんですが、今月いっぱいは週末を含めて予定が詰まっています。来月ならなんとか一日くらいは空けられると思いますので、佑子とも相談して、都合の良い日をご連絡します。わたしたちのほうで北海道へお伺いしてもいいので、今日のところはそういうことで」

権蔵の思惑は呆気なく外れてしまった。

午前十時を過ぎたころ、期待していた電話が権蔵にかかってきた。

昨日、金村から話を聞いた権蔵は、すぐさま伝統ある日本の宗教団体、とりわけ仏教系の本山といわれるところへ電話して、ここ十年くらいのあいだに僧籍を取得した人間について教えて欲しいと頼んでおいた。自分が記者であることを明かしたうえで、現代の若者の宗教観と題する記事を書くために、二十代から三十代までの新規僧籍取得者の情報提供を依頼しておいたのだ。世襲の者ではなく、一般人の僧籍取得者についてであり、かつ若くて、現在は企業の経営者である人物がいたら教えて欲しい。締め切りが迫っているので是非と急がせてもいた。

電話はそのうちの一つ、京都にある浄土真宗本願寺派の研修所からだった。条件に近い人物がひとりいるという。ただ、電話では詳しいことを話せないので、記者の身分を示してもらい、プライバシーの保護には十分留意するとの誓約書を書いてもらい、録音は禁止ということでよいなら、京都の研修所でインタビューをお受けしますとのことだった。

権蔵はすぐにでも京都へ向かいたかったが、これからこの施設で問題の社長と会わなければならない。

昼食を終えると、そろそろ社長がまいりますといわれ、権蔵は金村を車椅子に乗せて一階のロビーにおりた。

ロビーは閑散としていた。そこへ施設長がやってきた。

「すみません。高橋社長は急用ができて、今日の定例会議は欠席すると、たった今連絡がありました」

肩透かしをくらった権蔵と金村は、互いに顔をみあわせ、言葉もなく部屋へ戻った。

「なんのために、残って頂いたのか……。申し訳ありません」

金村は権蔵に頭を下げた。

「奥様の具合が悪いのに、本当にすみませんでした」

金村は車椅子から立ちあがり、ゆっくりとベッドの上にあがった。看護師を呼んで足を吊ってもらうと、金村は枕の下にあった封筒を権蔵に手渡した。

「これは？」

権蔵が訊くと、

「今回の費用です。領収書は結構ですから」

封筒をのぞくと、数えるまでもなく、三日分の日当より多いのは一目瞭然だった。権蔵が顔をあげると、ほんの気持ちですからと金村は笑顔をみせた。

権蔵は、幸一が京都の寺で名前を変えた可能性があることを金村に話した。すると金村は、ぜひ確かめてきてくださいといって、新幹線とホテル代、それに伊丹から千歳へ戻る飛行機代だといって、封筒とは別にカネを用意してくれた。

権蔵は車で郡山まで送ってもらい、そこから東北新幹線で東京まで出て、さらに新幹線を乗り継いで京都へと向かった。

大阪のホテルに泊まった権蔵は、翌日、京都の西山にある浄土真宗本願寺派の教修所に赴《おもむ》いた。記者としての証明は、もとの小樽新報社の名刺を渡すことでことなきを得た。

相手をしてくれたのは教修所の責任者で、上品な感じのする中年の男だった。権蔵が高橋慈明という名を出すと、確かにおられましたよと彼はいった。

「僧侶になるには本山の許可がいるのです。得度《とくど》といいまして、研修施設で缶詰めになって教義や実技を学ばなければなりません。外部との接触は一切禁止で、最後の日に頭を剃って初めて僧侶の仲間入りとなるわけですが、厳しいもので、途中で逃げ出す人もおられます」

「それを、高橋慈明さんが受けて、僧籍を取られたわけですね」

教修所の責任者は頷いた。

「研修はいくつかの班に分かれて行なわれるのですが、わたくしどもは彼に班長さんをお願いしました。七人ずつ八つの班で、三班の班長さんです」

「どうやって選ばれたんですか?」

「申し込みの段階で作文を提出してもらっていましたが、その評価と、現在の職業や出られた学校などを参考にして指導部のほうで選びました。慈明さんはお若いのに、環境問題や心の問題に興味がおありで、そのうえ立派な会社を経営されていましたので、班長さんをお願いした次第です」

「なるほど」

「そんなわけで今でもはっきりと慈明さんのことは覚えています。中でもこんなことがあったんですよ。班長さんは、毎日寝る前に日記をつけて指導部へ提出するんです。何を書いてもいいのですが、慈明さんの日記はエッセイのようなもので面白く、わたくしたち指導部は毎日それを回し読みしていました」

どんなことを書いていたのか。権蔵は興味を持った。

「一日じゅう土砂降りの日があったのですが、その晩に書かれた慈明さんの班日誌がこれです」

彼は持ってきたコピーを権蔵に渡した。

「読んでみてください。感性の豊かな人だと思います」

権蔵はそれを見た瞬間、思わず声をあげそうになった。

班長名の欄に高橋幸一とあったのだ。

「名前が、幸一となっていますが?」

「はい、それを書いた日は、彼の名前は幸一さんのままです。翌日が研修最後の日でしたから、そこで法名をもらって、幸一さんは慈明さんになられました」

権蔵は、震える手でコピーを読み始めた。

『天がバケツの水を浴びせ続けた一日だった。本堂に整列して班員たちと読経《どきょう》を続けるが、ときとして雨の音がそれに勝《まさ》る。俗世間からは隔離されているが、各地で災害が起きているに違いない。水は生命のみなもととなり、収穫をもたらし、毒をも薄めてくれるが、機嫌をそこねると、牙をむいて破壊を続け、命を奪い、地上に絶望を残して空へ還る。

　夕食のときに、女性の指導員さんから、なぜ僧侶になりたいのかと訊かれましたが、それは、わたしの心に、忘れることのできない悲惨な夜があるからです。

　わたしは北海道であった大きな地震の生き残りです。山のような津波がわたしの住んでいた奥尻島を襲いました。おそろしい音で家を壊し、人々を海の中に引きずり込み、街に慟哭を残して消え去りました。九死に一生を得て高台に逃げたわたしは、その年に二十歳《はたち》となりましたが、それが天からの成人祝いだとすれば、あまりにも残酷で、悲惨極まりないものでした。

　突然奪われた人々の命は、悲しみとなって島を覆い、その日を境に、わたしは命について考えるようになりました。また、人のために生きたいという思いも生まれました。

　わたしは東京に出て働き始めましたが、人にはいえない苦しみを抱えていたため、近くの大きな仏教寺院に足を運んで仏について学びました。おかげで心は少しずつ軽くなっていきました。

わたしの仕事はＩＴ関係ですが、より一層技術力を高め、将来はＡＩ中心の世の中となるでしょうが、そこにいても安心できるような、そしてしっかり守られていると感じられる社会の構築に貢献していきたいと思います。また、いつの日か、ロボットと人間が一緒に働き、終の棲家と呼ぶにふさわしい福祉施設を作ってみたいとも思っています。

研修も終わりに近づき、班員の顔が坊さんらしい穏やかな顔になってきました。わたしも、こんなに安らかな気持ちで過ごせる日々はありません』

読み終えて、権蔵は幸一に間違いないと確信した。

「このコピーは頂いても？」

密かに胸を躍らせながら権蔵が訊くと、

「いえ、差し上げるわけにはいきません」

即座に断られてしまった。

「この方の写真を見せてもらえませんか」

「それも無理です。プライバシーの問題がありますから。今お読みになった班日誌も、記事の参考にされるのは結構ですが、だれが書いたかわかるような扱いは決してなさらないでください」

残念ではあるが、さもありなんと思った権蔵は、そのあと幾つかの質問を続けて取材を装ったのちに、教條所をあとにした。

慈明が幸一であることは判明した。金村に電話してそのことを告げると、金村は驚くというより落胆に近い声を出した。

「やはり、そうでしたか……。それで境川さん、どうしても記事にするつもりですか」

「もちろんです」

「申し訳ありませんが、何をされるにしても、わたしたちと一緒に幸一に会って確かめてからにしてください。信子もそういっていますから」

金村の言葉は、高揚していた権蔵の心に水を差してしまった。

伊丹空港から北海道に帰った権蔵は、その足で泰子を見舞った。泰子はさらに痩せ細り、病衣の下で鎖骨が浮き上がっていた。

「大変でしたね。お疲れ様でした」

そういって差し出す手が、子供の手のように細い。

「わたし、もうだめです。自分でもはっきりわかるの。……ごめんね、権蔵さん」

泰子の目からは涙が止まらない。権蔵は耐えきれずに部屋を出た。ナース・ステーションに行き、担当医と話がしたいというと、しばらく待って担当医が来てくれた。もう希望は持てないのかと権蔵が訊くと、

「オリブレックスの効果がでてきたようで期待はしているんです。でも、ご本人の体力の消耗が激しくて、今後続けるべきか、やめるべきか、正直なところ迷っています」

正直に医師は答えてくれたが、権蔵は、ぎりぎりまで投与を続け、併用できる免疫療法などがあれば、どんなことでも試して欲しいと頼み、泰子は自分の命よりも大切な存在だと告げて、なんとか救って欲しいと懇願を繰り返した。

翌日、権蔵はブロンクスの本社に電話して社長に会いたいと申し出た。運よく二日後にアポが取れ、権蔵は東京九段下の本社前に立ったが、年商五百億円をあげ、東証プライムの上場企業としては地味な印象を受けた。

応接室に通されたが、調度品も特にどうということはなく、ただ、明かりの差し込む大きな窓から武道館が見えた。

待つまでもなく社長が入ってきた。背が高く、がっちりとしている。もし幸一なら、高校時代にバスケットボールをしていたということも頷ける。金村の部下がいっていた通り、

男前で爽やかな感じを受け、服装も華美ではない。

「この前は、会津でお待ちいただいたようでしたが、急用ができて申し訳ありませんでした」

会うなり、社長は丁寧に詫びた。

「いや、それはもう……。それより、今回は、取材というより、別のことを確認させていただくために上京したんです」

「どんなことでしょうか？」

彼は端正な顔を権蔵に向けた。

権蔵は、バッグから一枚の写真を取り出した。高校を卒業した幸一が、奥尻島へ行く日に、新潟のフェリー乗り場で撮られた写真である。権蔵はそれを彼の前に置いた。

「これは、あなたじゃありませんか？」

「……」

「十年前のあなたではありませんか？」

社長はそれを見つめたままだ。

「高橋幸一。それがあなたの本当の名前ですね」

高橋は顔をあげた。

「どういうことでしょうか?」

「おわかりになりませんか」

「ええ、……何をおっしゃっているのか」

「本当にわかりませんか。それを見て、本当にわかりませんか」

射るように放った権蔵の言葉に、高橋の顔色がわずかに変わったようにみえた。だが、

「どういうことでしょうか?」

と、高橋は再び同じ言葉を繰り返した。

眼前の男は、カネを奪い、救った子を置き去りにして、若さにまかせて好き勝手にそのカネを使ったかもしれないのだ。会社を大きくしたのも、そのカネを使い、素性がばれないように坊主になるという卑劣な手段も使ったのだ。そんな男を絶対に許すわけにはいかないと思っていたが、彼の誠実そうな風貌を目にすると、責める気持ちもやや揺らぐ。

「それじゃ、これからお話することをよく聞いてください」

権蔵は言葉をゆるめて話し始めた。津波のときに逃げた男の話をして、救った幼児ありさが写っている年賀状も見せた。福祉施設での見学会での話もした。高橋はずっと黙って

聞いていた。

「これだけお話ししても、あなたはまだ高橋幸一ではないといわれるのですか」

高橋は依然として黙したままだ。

「さきほど運転免許証をみせてもらいましたが、確かにあなたは名前も違うし、本籍も北海道ではありません」

高橋の運転免許証の本籍は宮崎県となっていたが、このとき初めて高橋が口を開いた。

「だから、何度もいうように、わたしは高橋幸一では……」

「ちょっと待って下さい。本籍など誰でも容易に変えられます」

権蔵は手をあげて高橋を制し、僧侶となって名前を変えたのではないかと尋ねたが、高橋はそれには答えなかった。

「最後におたずねしますが、お母さんに会っても、あなたは幸一ではないと言い切れますか？」

「……わたしは、高橋慈明で、幸一ではありません」

「そうですか。――ところで、話は違いますが、高橋幸一さんという方のお母さんが結婚されましたよ」

一瞬だが、高橋にわずかな驚きの色が現れた。

「お相手は、金村さんという、塗装会社の社長さんです。おふたりとも東京で元気に暮らしておられます」

「それが、わたしとどういう関係があるのでしょうか」

ここでも高橋は白《しら》を切った。こうなれば最後の切り札を使わなければならないと権蔵は思った。

「社長さんは、会津若松にできる新しい老健施設の施主さんですよね」

高橋は頷いた。

「来月も、そこで定例会議がありますね」

「はい」

「そこに、高橋幸一さんのお母さんを連れていきますが、会っていただけますか？」

すると、驚くどころか、

「わかりました。お会いします」

と、高橋はすぐに返したのである。

「そこまでして、あなたは、わたしが、その幸一さんとやらだとおっしゃるんですね。ええ、お会いしますよ。無駄だとは思いますが」

高橋は腕時計に目を落とし、次の会議が始まる時間ですのでといって立ちあがった。権蔵が壁の時計をみると、事前に予告されていた面会時間はとうに過ぎている。

「なにかありましたら、秘書にいっておいてください」

「ちょっと待ってください」

権蔵は呼び止めた。

「もう少しお訊きしたいことがあるんです」

「それはまた、別の機会に」

「いや、いまお願いします」

権蔵は立ち上がった。一刻も早く記事を書きあげ、それをカネにしなければならない。来月の定例会議で幸一だと判明する前に、あらかた原稿を書いておくつもりである。

「気を悪くしないでもらいたいんですが、わたしがいろいろと話した以上、あなたは姿を隠してしまう可能性がある。わたしは、あなたが高橋幸一さんに間違いないと思っているんです」

「不愉快です。お引き取りください」

「逃げないでください。あなたはカネを奪い、幼児を救ったはいいが、それを連れ回したあげく、交番前に捨てた。刑事事件に相当する行為だが、その件で逮捕されることはないと安心しているんでしょう。でも、そうはいきませんよ！」

権蔵は語気を強めた。

地震のときの窃盗や、幼児を奪って逃げ、その後交番前に放置した略取・誘拐等の容疑をかけられたとしても、もはや時効の援用をもって起訴されることはないのだ。民事訴訟についても不可能に近い。

高橋は何もいわず、背を向けてドアのほうに歩き始めた。

「いいでしょう。それならわたしは、これから警察にいきます。あなたを逮捕してくれなどというのではありません。こういうことがあったと警察に話すだけです」

権蔵は脅しをかけた。幸一の会社はＩＴ業界のなかでも一目置かれている。週刊誌がかぎつければスキャンダルになるだろう。どんなスキャンダルも会社としては避けなければならないものだ。だが、

「お好きなようになさればいい」

と、高橋は動じることなく出て行った。

だが、権蔵は高橋の落ち着きぶりが腑に落ちない。来月、母親と対面すれば、幸一でないといいきることはできないはずなのだ。

権蔵は座り直して、会津にいる金村良治に電話をかけた。ことの次第を伝え、来月の定例会議には必ず信子にいてもらいたいと念をおした。

電話を切り、部屋を出ようと席を立つと、ドアをノックして女が入ってきた。社長の秘書だという。

「今夜八時過ぎであれば、社長が改めてお会いしてもいいと申しておりますが」

高橋に心変わりがあったようだ。なぜ急にと疑問を抱いたが、権蔵はホテルでお会いしたいと秘書に伝えた。

その晩、八時を過ぎたころ、高橋が権蔵のホテルにやってきた。部屋に招き入れると、酒が入っているのか少し顔が赤い。

「ご足労いただいて恐縮です」

権蔵がいうと、高橋はこわばった表情でわずかに微笑んだ。椅子をすすめ、あらかじめ用意していた珈琲を高橋の前に置いて権蔵も座った。

と、権蔵が口をひらくより先に、高橋が切り出した。

「もしも、わたしが、境川さんのいう高橋幸一だとしたら、いったいどうなさるおつもりですか。先刻いっておられたように、まずは警察へ行き、あとはそのことを記事になさるおつもりですか？」

「……」

「あなたのご推察どおり、わたしは、高橋幸一です」

権蔵は息を呑んだ。

高橋幸一は自らの気を静めるかのように大きく息をついてから続けた。

「たしかに、わたしは責められるべきことをしました。今まで隠し通してこられたこと自体が運に恵まれていたのかもしれません」

「運といっても、それは悪運に近いですよ」

権蔵は漸《ようや》く我に返っていった。

「はい。だからこそ、こうして境川さんに見破られてしまったのでしょう」

別人であるかのような高橋の変貌ぶりである。

「でも、このことが世間に知れて、わたしを信じてくれている社員や株主のみなさんが迷惑を被るかと思うと、とても正直には……」

権蔵は彼が何を言いたいかはわかった。お気持ちはわかります、悪いようにはしませんといいたいところだが、権蔵には泰子のクスリ代の件が差し迫っている。記事にしてカネを得なければばならないのだ。

黙っていると、内に秘めていたものを吐き出したかったのだろうか、高橋は堰を切ったように話し出した。自分が犯したことについて、なぜあんなことをしたのか、ほかに手立てはなかったのかと長いあいだ悩み続けたといった。

聞いていた権蔵は、幸一は真実を語っていると思った。記者という仕事がら多くの人間に会ってきたが、体裁をとりつくろったり、こちらを欺こうとする魂胆の人間は目に曇りがあった。だが、しっかりとこっちを見据えて話す幸一の目には一点の曇りもない。

アメリカへ渡った幸一は、観光ビザが切れることを気にしていたという。だが、運のいいことに、サンフランシスコのフィッシャーマンズワーフでシリコンバレーのＩＴ企業に勤める日本人に声を掛けられた。彼は幸一のことを気にかけてくれて、近くにあるビットコインを扱う会社を紹介してくれた。

そこの社長はスタンフォード大学出身の二十代の社長で、会社は電子マネーの市場をリードしようとする優秀な人材で溢れかえっていた。幸一はそこで雑務をしたり日本語を教えたりしながら、英語とITスキルを身につけ、やがて日本に帰ってきて東京で小さな会社を興した。AI（人工知能）のクラウドサービスを主たる業務とする会社だが、会社は時流にのってみるみる成長し、現在の規模になることができたと幸一はいった。

「つかぬことを伺いますが、奥尻島で手にしたあのカネは？」

権蔵は話を聞き終わって幸一に尋ねた。

「ビットコインに換えたり、アメリカでの投資に回しました。ほとんど全部です」

「ほう……」

権蔵は幸一の度胸と機転に舌をまいた。知ってか知らずか、幸一は見事にマネーロンダリングをやってのけたのだ。

「それで会社の資本をドーンと増やし、今のあなたがあるわけだ。運に恵まれたというか、あなたはよっぽどカネに好かれたんですねえ」

権蔵は幸一が羨ましくなった。ただ、一度だけ幸一が落胆した顔を見せたことがあった。それは権蔵が高橋の妻のことを尋ねたときだった。

「まさか、わたしの会社で彩恵子に会うとは思ってもいませんでした」

妻の名前は彩恵子というらしい。幸一の会社が大きくなり、社員食堂を作ることになったとき、そこで働く人材を募集したのだが、後日、採用者が幸一に挨拶に来た際、その中に彩恵子がいたというのである。

「まさかというと、前に知り合いだったた?」

「はい。事情があって、別れたつもりだったたんですが……」

最初はすぐに彩恵子だとわからなかったそうだ。顔色も悪く少し太っていたという。だが鋭い視線を向けている女がいるので、幸一はハタと気づいたそうだ。

「彼女と一緒に住んでいたことがあって、そのときに奥尻島での一切のことを知られてしまったんです」

「カネの件も?」

「ええ。当時彼女は歌舞伎町のホステスでした。カネが欲しかったんでしょう。わたしとやりなおさないかと執拗に迫ってきて……いやなら、警察に洗いざらいバラしてやると」

「それでアメリカへ行った。なるほど、そうした事情があってアメリカへ行かれたわけですね」

「ご存じでしたか」

「はい」

「彼女から逃げさえすれば何とかなるだろうと思って」

「でも、結局は、結婚したんですよね？」

「はい。彩恵子は肝臓を悪くしていまして。わたしがいなくなったせいで、酒で寂しさを紛らしていたというんです。わたしにも責任があるんです」

「それだけで結婚しようと思ったんですか？」

「……」

「妻にすれば、脅迫されることもない。そういうことですよね」

皮肉ともとれる権蔵の言葉だが、その後の話で、妻彩恵子との仲はずっと険悪なものであることが知れた。また、彩恵子にいわれて彼女の弟を会社にいれたことがあったそうだが、一年もしないうちに経理から多額のカネをくすめて姿を消したという。

真夜中を過ぎても幸一の話は続いた。

誰にも話すことができなかったことを話して、胸のつかえが取れたのだろうか。話し終えた幸一は荷をおろしたような顔つきになって部屋を出ようとした。だが、ふと足をとめて振り返った。

「わたしが、交番前に置いたあの子ですが……。その後、どうなったかおわかりですか？」

「有名なタレントになって、テレビに出ていますよ」

「そうですか」

安心したように、幸一は深々と頭を下げて帰っていった。

10

高橋社長が幸一であることが事実となった。あとはタレント中島佑子がありさであることを証明し、ふたつをつなぎあわせれば、世間をあっといわせるノン・フィクションが完成するのだ。

権蔵は、途中経過ではあるが、このことを出版社の編集長に伝え、会津若松にいる金村には、高橋社長が白らの口で自分が幸一であると認めたことを伝えた。

しばらくすると、幸一の母である信子から電話がかかってきた。

「金村から聞いたんですが、幸一だったんですってね」

「ええ、間違いなく本人でしたよ」

「認めたんですか？」

「自分から白状しました」

「それで、金村が急いでわたしに来いというんですね」

「それはそうでしょう」

「まあ、行くにはいきますが、できるだけ早いうちに境川さんと会ってお話ししたいことがあります。都合はつきますか？」

権蔵はすぐにでも記事に取り掛かりたかった。もう少しあとでもいいかというと、とにかく急ぐんですと信子は執拗に繰り返し、東京にいる権蔵はしかたなく北海道へ帰るのをやめて、翌日会津若松へ行くことにした。

翌朝、権蔵は高橋社長に電話した。突然で悪いが、あした会津にきてもらえないかと打診すると、たまたまあさって郡山に行く用があるので、あさっての夕方遅くても構わないならと返事をくれた。一日だけ滞在を延ばせば済むことだ。

これで幸一と母親の対面が実現する。どんな写真が撮れるだろうか。権蔵は嬉しくなった。

会津若松の福祉施設に着くと、信子は金村とともに権蔵を待っていた。権蔵は、東京で会った高橋社長とのことを詳しく話したが、信子は高橋慈明が幸一であったと聞いても喜

ぶ気配がない。訝りながら、急ぎの用とは何かと訊くと、

「境川さん。その社長が幸一であったことを、誰かに話すつもりですか？」

と信子が返した。話すも何も、金村には記事にするつもりだといっておいたはずだ。信子は権蔵を部屋から連れ出し、廊下の奥のデイ・ルームに誘った。

信子が話し出したとき、権蔵のスマホが鳴った。小樽医療センターとの表示が出ている。信子はあからさまに嫌な顔をしたが、権蔵は席を立って、離れた場所で電話にでた。

「境川さんですか。小樽医療センターの看護師の岡田といいますが、いまお話してよろしいでしょうか」

権蔵は彼女を覚えていた。泰子の担当の看護師である。電話で何度か話したことがあるが、泰子の状態が思わしくないという。昨晩、急に熱が出て、今は少しおさまったが、まだ炎症反応が強く、腎機能も弱ってきているという。今すぐどうこうということはないと思うが、いつごろ小樽へお帰りですかと訊いてきた。

「集中治療室に入っているのでしょうか？」

権蔵が訊き返すと、

「いえ、そこまでではありません」

「そうですか。できるだけ早く帰ります」

「お待ちしています。何かありましたら、すぐにご連絡します」

看護師の優しい言葉とは対照的に、信子はきつい目をして権蔵を待っていた。権蔵がデイ・ルームの椅子に座るやいなや、

「もし、あした、わたしがその社長に会って、幸一だと認めたらどうなさるおつもりですか？」

「どうって……。それは」

「いわせてもらいますけどね、幸一であろうがなかろうが、それは他人の話でしょ。あなたには関係ないことじゃないですか！」

信子は一気にテンションをあげた。だが、すぐに声を落とし、

「まあ、いいですけど。――その社長が幸一だとすれば、見つけてくれたあなたには感謝しますよ。でも、あなたがそれを記事にしたところで、行方不明だった男が見つかった。ただそれだけのことじゃないですか。そんなものを書いたって、たいした記事にはならないでしょうに」

「ちょっと待ってください。その言葉は聞き捨てなりません」

権蔵は語気を強めた。

「ただ、それだけですって？　とんでもない！　あなたの息子の幸一さんは、働いていた会社のカネを盗んで逃げたんですよ。いや、まだそうと決まったわけじゃありませんが、疑いはかかっている。それだけじゃない。その家の赤ちゃんをさらって逃げ、その子を交番前に捨てた。息子さんはそういう男なんですよ！」

「何を！　失礼な！　赤ちゃんは助けてやったんですよ！　それを、さらって逃げたとはなんですか！　それに、会社のカネを盗んだ、とかいいますけどね、本当に盗んだんですか？　証拠があるんですか！　あれは会社が支払いにあてるお金で、ちゃんと東京で払ったと息子はいっていましたよ。あなた記者でしょ。そんなことぐらいちゃんと確かめておきなさいよ！」

信子はものすごい剣幕でまくしたてた。会社の支払いにあてたということは、当時の不動産屋の事情をよく知っている支店長が新潟に来て信子にそう教えてくれたという。

もはや、これ以上話しても無駄のように思えた。信子には記事にされては困る事情がありそうだ。

「ほら、自分に都合が悪くなるとすぐ黙る」

信子は勝ち誇ったようにいうが、権蔵は落ち着いた口調で、

「まあいいでしょう。なにごとも、あした高橋社長に会えばわかることです。そのあとで、いろいろと話そうじゃありませんか。そうすれば、おたがいの誤解がとけるでしょう」

「誤解しているのはそっちでしょ！」

信子は目をつりあげた。権蔵は信子を無視して金村の部屋へ戻った。

「今、奥さんと話したんですが、要は、構わないでくれということです。わたしを呼びつけたのは、それがいいたかったようですね」

信子が入ってきたが、権蔵は目を合わせずに部屋を出た。

ホテルへ戻るタクシーの中で、金村はよくもあんな女と結婚したものだと権蔵は思った。

シャワーをあびてベッドに入ろうとすると、金村から電話がかかってきた。

「夜分遅くすみませんが、今からこちらへ来てもらうことはできないでしょうか？」

なんで呼ぶの！　あんたがはっきりいわないからでしょ！　と、信子の怒鳴り声が聞こえてくる。

不快な気持ちでタクシーに乗り、福祉施設に着いて金村の部屋に行くと、信子は仏頂面で権蔵を睨みつけ、金村は申し訳なさそうな顔をしている。

「もういいから！　とにかく、もう結構ですから、あなたはどうぞ北海道へお帰りください」

信子が権蔵を手で追い払うようにしていた。

「あした高橋社長が来られるんですよ。母親として確かめなくていいんですか？」

「あなた、耳悪いの？　もういいって何度もいったでしょ。サッサと帰ってください」

「まあまあ信子、そういうな。境川さんには、俺が、幸一かどうか確かめてくれとお願いしていたんだから、幸一と会うときには一緒にいてもらわなきゃ困るんだ」

金村が、割って入った。

「いてもらう必要なんかありませんよ」

言い放って、信子は権蔵に視線を移し、

「お寺の件も聞きました。名前を変えたとかいうんでしょ？　よく調べてくださって、ハイ、ありがとうございました。それなりのお礼はしますので。あなた様はもうお引き取りください」

「いや、わたしはあした社長に会いますよ。あなたが息子さんかどうか確かめるのを、この目で見なけりゃなりませんから」

「差し出がましいことをしないでください。あんたには関係ないことでしょ！　幸一であろうとなかろうと」

信子は声を荒げ続けた。

「勘違いしないでください。わたしとしても、犯罪者を放っておくことができないんです」

そのとき、権蔵のスマホが鳴った。

「境川さんですか？　今どこにおられます？」

小樽医療センターからだ。緊張した声で所在を訊いてきたのは病棟の看護師長だった。

「奥さんの容体が急にかわりまして！」

集中治療室に移ってもらっているが、できるだけ早く帰ってきて欲しいとのことである。

しかし、今からでは帰る飛行機の便がない。明朝一番の飛行機で帰ると答えたが、権蔵は取り乱しているのが自分でもわかった。

「どうかしましたか？」

ベッドの上の金村が声をかけた。

「……いや」

権蔵はそのまま部屋を出て一階のロビーにおりたが、不安でじっとしていることができない。誰かにすがりたい気持ちで施設の外に出た。

——泰子が死ぬ。

権蔵は胸がしめつけられ、ぼうぜんとしながら歩き続けた。

気がつくと川の音が聞こえ、いつしか長く続く土手の上にあがっていた。

11

「なによ、あのひと」

突然出て行った権蔵を信子はなじった。

「あした帰りますって……。なにいってんだか。さっき、あしたは社長に会うっていったばかりじゃないの」

信子は乱暴に椅子に腰掛け、履いていたパンプスをポンと床に脱ぎ捨てた。

「記者だっていうけど、いまは違うんでしょ？　会社がつぶれたとか。あんた、そういっていたわよね」

「ああ」

「戻ってこないように、鍵をかけてやろうかしら」

「やめろよ。奥さんになんかあったんだろう」

金村は、権蔵の妻がガンだということを信子に告げた。

「あらら。そんな奥さんをほったらかしにして、昔の事件に血眼《ちまなこ》になるなんて、どういう神経をしているんだろ」

「クスリ代にえらいカネがかかるらしい」

「抗ガン剤？」

「ああ、新しいやつで一千万以上するんだとさ」

「そんなに？」

「前にここへ来たとき、そういってたよ。俺、カネを貸してやろうかと思ったんだ。幸一を調べる手伝いをしてくれと頼んだし、ここへ来てもらった手前もあったからな」

「バカみたい。他人にそんなお金を貸してどうするつもり？　返してくれるわけないじゃない」

「そりゃそうだが、あの人はいま、カネの工面に必死なんだ。今回の幸一のことは棚ぼたみたいなもんで、スクープのチャンスを逃すわけにはいかねえんだろう」

「なにいってんのよ、あんた。書かれるとまずいっていってたじゃない。あんたは協会の理事もやっているんだし、受け取った幸一の保険金のことだってあるわ」

「うん、ちょっと困るけどな」

「ちょっとどころじゃないわよ、わたしたち上場を控えているのよ、上場を！」

「またか！　お前はいつもカネのことばっかりだなぁ」

「なによ。一番困っているときに助けてやったのはだれよ。それに私が経理をやってきたからこそ、ここまで大きくなったんじゃない。あんた、どっちの味方なの？」

信子のあまりの剣幕に金村は押し黙った。

信子は立ちあがって窓辺に寄ったが、外は暗く、ガラス窓には、ベッドで信子を見つめる金村の姿がうつっている。

「ねえ」

信子は振り向いた。

「さっき、いったわよね。あの人、お金が必要だって」

「ああ、抗ガン剤の件でな」

「それだわッ！」

信子は思わず声をあげた。権蔵の狙いがわかった気がしたのだ。

正義感から幸一を追っているなどと体裁のいいことをいっているが、身だしなみからして生活に余裕があるとは思えない。むしろ貧乏くさくもある。社長の正体を暴き、それをネタにわたしたちをゆするつもりなのだ。最初から記事にするつもりなど無かったが、最近になって妻がガンだとわかった。高価なクスリ代をなんとかするために、躍起になって調べまわったに違いない。

「クスリ代が欲しい。あの人、そういっていたのね」

「いや、そんなことはいってない。だが、カネが欲しいのは確かだ」

信子は急いで床のパンプスを拾いあげ、履きなおして部屋を出ようとした。

「おい、どこへ行く！」

「クスリ代をやれば、なかったことにしてくれるかも」

「やめろ！　そんなことをいうんじゃない！」

信子は答えず、小走りで部屋をでた。見るが、廊下に権蔵はいない。階段を駆けおり、一階のロビーを見回したが誰もいない。施設の外へ出てみたが、あたりは闇に包まれ権蔵の姿はどこにもなかった。

駐車場の方へも行ってみたが、そこにも権蔵の姿はなかった。

「どうかされましたか？」

振り返ると、少し離れたところに若い女が立っていた。

「男の人を見ませんでしたか」

信子は女に近寄っていった。

「背の低い、ガッチリした男の人です」

「さっき見た人かも……」

「背広を着ている人なんですけど」

「はい、たぶんあの人だと思います」

「どこにいました？」

「あっちのほうへ行きましたけど」

女はうしろの土手を指さした。

信子は礼をいって走りかけたが、ふと足を止めて振り返った。

「すいません。ここのかたですか？」

「はい、これから夜勤です」

女は答えた。

広い駐車場と道をへだてて、土を高く積みあげた長い土手があった。信子は土手を登り切って下を見た。そこはまっすぐに切り立った高い崖で、大きな湖が目の前に広がっている。信子は思わず後ずさりした。

そういえば、ここへ来る途中、小さな橋を渡ったとき、タクシーの運転手が川の向こうは湖だといっていた。遠くにダムのようなものが見えた気がする。ここはダムの水が集まる貯水湖なのだ。土手にそって目を凝らすと、遠くに人影が見えた。信子はゆっくりと近づいていった。

「境川さん？」

声をかけると影が動き、権蔵が歩み寄った。

「奥さま、ガンなんですってね」

権蔵は返事をしない。

「奥さま、抗ガン剤をやられているんでしょ？」

権蔵は前を見たまま頷いた。

と、権蔵のスマホが鳴った。権蔵は煙草を湖に投げて電話に出た。

「はい、先ほどはどうも。……えっ、なんですって!?」

権蔵は信子に背を向けて、声を落とした。

「わかりました。できるだけ早く帰りますので、それまでなんとか」

口ぶりからして、電話は病院からだろうと信子は思った。

「奥さまになにか……？」

信子が問うと、権蔵は、

「高橋社長と会うのは、またの機会にします」

とだけ返した。

信子は慌てた。あした幸一かどうか確かめてからと思っていたのだが、どうしても権蔵に今回の件は諦めさせなければならないのだ。社長はおそらく幸一だろうし、幸一の存在を世間に知られては困る理由が信子にはある。それは金村にも話していないことだ。

「それにしても」

権蔵が口を開いた。

「あなたは、息子さんが生きているというのに、喜んでいないようですね」

「え？」

「なにか、生きていて都合の悪いことがあるんでしょう。そうでなければ、死んだと思っていた息子が生きていたとなれば、誰だって喜ぶはずです」

「何がいいたいの！」

「どう考えても、あなたの態度は普通じゃないってことです」

「あなた、本当に傲慢ないいかたをするわね。何様だと思っているの！　勝手に、高橋とかいうＩＴ企業の社長のことを探って、彼が息子じゃないか確認してくれと、わたしを東京から呼びよせ、いざそのときが来たら、今度は急にハイさよならですか。自分勝手に物事を進めるんじゃありませんよ！　さっきの電話は病院からでしょうが、悪いけど、それはそれ、これはこれ。自分が段取りをしたからには、最後までちゃんとやってくださいよ。社長だって、あなたにいわれてあしたここに来るんでしょ。そんな身勝手な性格で今までよく記事が書けたもんだわ。信じられない！」

信子はさらに荒い口調になったが、権蔵もいい返す。

「自分のことばっかりいうもんじゃありませんよ。いいかたにも気をつけたほうがいい。あなたは人を怒らせるのが得意なようだが、そんなあなたと一緒にいる金村さんに同情しますよ」

「ふざけないでよ！　わたし、わかってるのよ！　あなた、ほんとはおカネが欲しいんでしょ！　前にここへきたとき、金村にそんなようなことをいったでしょう。違うの？」

「……」

「幸一のことを世間に公表するとかいうけど、あなたには初めからそんな気なんかないのよ。公表すれば、上場を控えている金村の会社が困る。前に警察に疑われたようだから、受け取った保険金のことも心配だろう。そんな思いを逆手にとって、幸・だと証明したうえで、今度は、表沙汰にしませんからといっておカネをせびるつもりでしょ！　あなたって人は、なんて人なの、まったく！」

権蔵は黙ってはいるが、拳《こぶし》を固く握りしめている。

「なんで黙ってるの？　すべて図星だからグウの音もでないんでしょ。あなたが赤ちゃんのことを調べているのも、関係者から少しでもお金をとろうという魂胆よね」

「いい加減にしろ！」

権蔵は声を荒げた。信子は一瞬ひるんだが、

「あら、怒ったわね。本当のことをいわれて怒るなんて、肝っ玉が小さいわ」

「なんだと、もう一度いってみろ！」

権蔵は煙草を信子の足元に投げつけた。しかし、すぐに凄みを解いて、

「あっちへ行けよ。今はあんたと喧嘩をしている暇はねえんだ。――うちのやつが死にそうで、早く帰らなけりゃならねえ」

信子は、少し後ずさった。

「さっきの電話は、たぶんだめだろうから覚悟してくれという電話だ」

「……」

「それに、さっきあんたがいっていたことはピントはずれだ。俺はあんたのようにカネ、カネの人間じゃないからな」

「どういうこと！　わたしがいつ、おカネ、おカネといったっていうのよ!?」

「体から滲《にじ》み出てるよ」

権蔵は一歩足を踏み出し、土手から降りようとした。

「待ちなさいよ！」

信子の声が追いかける。

「滲み出てるってなによ！　滲み出てるって。あなたこそ、いいかたに気をつけなさいよ。奥さんがそうなったのは、あなたに対する天罰よ！」

「なんだと！」

権蔵は眉をつりあげた。

「なによ！」

信子も眉をつりあげる。

「どんな手を使って、幸一やわたしたちのことを公表するか知らないけど、そんなことどうだっていいわ！　わたしたちが困ると思ったら大間違いよ！　勝手に書けばいいわ。元記者だなんていっても、どうせ三流新聞でしょうが。そんな記事を誰が読むものですか。金村の会社が儲かっているからと目をつけて、まるで恩を着せるようにいつまでもわたしたちにくっついてばっかり。あなた恥ずかしいと思わないの？　そんなことでしかクスリ代を作れないのよ。惨めったらしくて見てられないわ」

信子の口は止まらない。

「人にたかって抗ガン剤を買っても、奥さんが喜ぶと思う？　バカみたい」

権蔵の目がキラリと光ったが、信子はさらに続けた。

「あなた、外見だけじゃないわ。いうことも、やろうとしていることもヤクザそのものだわ」

「やめろ！」

権蔵はグイッと信子に迫った。

「よおし、そこまでいうなら、すぐ書いてやる。徹底的に書いてやるから覚悟しろ！」

「ふん、何いってんのよ。幸一に会って確認もしていないくせに、何が書けるというのよ」

「いいか。じゃ、こう書いたらどうする？　母親のあんたが、息子をどっかに逃がして、そのあとで死んだことにして保険金を騙し取った。坊主になれば名前も変えられると悪知恵もつけた。そのことだけで十分記事になるんだよ。とんでもない悪女だということでね」

「そんなウソを書いたって誰が信じるものですか」

「ウソだろうが本当だろうが、そんなことはどうでもいい。あとで、取材に若干の誤りがありましたと訂正文を載せておけば、それでことは済むんだ」

「ほらみなさい。化けの皮がはがれたじゃない。今までどれだけゴロツキネタを書いてきたか知らないけど、それを許してきた奥さんだって同じ穴のムジナ！　その報いで奥さんがガンになったのよ。似たもの夫婦とはよくいうわ！」

「このやろう、好き勝手なことをいいやがって！」

権蔵は信子の胸ぐらを掴んだ。

「やめてよ！」

信子はその手を払おうとしたが、権蔵はさらに力をいれた。

「やめてってば！」

信子は、思いっきり権蔵を突き飛ばした。

ハッと思う間もなく、権蔵はバランスをくずして、土手から下へと真っ逆さまに転落した。

ドボーン……。低い、不気味な音が闇の底から聞こえてきた。信子は動転し、身を乗り出して湖面に目を凝らしたが、暗くて何ひとつ見えない。

信子は無我夢中で土手を駆けおりた。

履いていたパンプスが途中で脱げ、慌てて拾いに戻ったとき、今おりてきた土手の上で電話が鳴った。やむことなく鳴り続け、誰かに聞かれたらまずいと信子は土手を駆けあがった。音を頼りに電話をさがすと、さっき権蔵を突き飛ばしたところにスマホが落ちていた。画面を見ると小樽医療センターからだ。信子はそれを拾い、湖に投げようとした瞬間、音は鳴りやんだ。信子はしばらくそれを見つめていたが、再び湖に向かって投げようと手をふりあげたとき、再び電話が鳴った。同じ小樽医療センターからである。

放り投げてしまおう。信子はそう思ったが、もし、生きるか死ぬかの瀬戸際だとすれば、電話に出ないと病院は権蔵の所在を捜しまわるに違いない。信子は電話をとった。

「もしもし、もしもし、境川さんですか?」

耳を澄ましていると、相手は病棟の看護師だといって何度も呼びかけてくる。声の様子からしてただならぬことが起きたに違いない。

「もしもし……わたし、境川の妹ですけど」

信子は応えた。すると看護師は、権蔵の妻が死んだことを告げた。あしたお帰りになるのに、間に合わなくて申し訳ありませんでしたともいった。

信子は権蔵のスマホを湖に投げ捨てると、急いで土手をおりて施設に戻った。外にある水道でパンプスの土を洗い落としたが、心臓は早鐘を打ち続け、落ち着け、落ち着けと、自分にいいきかせながら信子は金村の部屋に戻った。

「境川さんには会えたのか?」

テレビを見ていた金村が信子に顔を向けた。

「どうしたんだ、その顔!」

金村が驚きの声を出した。

「ひどい顔色だぞ。なんかあったのか？」

信子は思わず頬に手を当てた。

「どうした、境川さんとは話ができたのか？」

「できなかったわ」

「じゃ、……今までなにをしてたんだ？」

信子の足が、意に反して急に震えだした。

気づかれないようにトイレに逃《のが》れたが、動悸が激しく吐き気も襲ってきた。

「おい、クスリをもらってやろうか？」

金村が外から声をかけた。

「だいじょうぶ。心配しないで」

そう返したものの、信子はなかなかトイレから出ることができなかった。

寝ようとベッドに入っても、土手の場面が浮かび、境川の妻が死んだと告げた看護師の声が耳から離れない。ついに信子は起きて化粧をはじめた。

身支度を整え、寝息を立てている金村の体を揺すった。

「ん？　なんだ、服なんか着て？」

金村が目をあけた。

「知ってる人が事故に遭ったの。さっき警察から電話がきてね」

「それで行くのか？」

「うん」

「誰だ？」

「いいの。あんたの知らない人だから」

「なんだ、そのいいかたは」

金村は機嫌を損ねて起き上がった。

「ごめん。むかし世話になった人よ。もういいでしょ、わたし行くからね」

「どこに住んでるんだ？」

「うーん、もう、東京だってばぁ！」

信子はイライラしてきた。

「あした来る幸一のことはどうするんだ？」

「あんたに任せるわ」

「おいおい。命にかかわるなら別だが、そうじゃないなら、あしたのほうが大事だろうが」

「行くね」

「待て、信子。いったいきのう何があったんだ？　おまえの顔は普通じゃなかったぞ。帰ってくるまでえらく時間がかかったしな」

「施設の中を見ていたの」

「あんな時間にか？」

「そう。ね、もういいでしょ。とにかく、わたしこれから東京へ行くから。もし幸一だったら電話してね」

信子はバッグをつかんで部屋を出た。一刻も早く逃げなければならないのだ。ロビーにおりて電話でタクシーを呼び、新白河駅まで行きたいというと、電話に出た女は、この時間に運転手が起きているかどうかと面倒くさそうに返したが、意外にタクシーはすぐに来て、信子は五時二十三分発の黒磯行きに間に合った。

車内はがらんとしていた。信子は席に落ち着くと、胸に腕を組み、体の震えを抑えていた。

12

信子はふたりの男を殺してしまったのだ。

ひとりは、はずみとはいえ、さっき突き落としてしまった境川権蔵、もうひとりは信用金庫の元支店長佐伯庄一である。

佐伯庄一を殺したのは、幸一が奥尻島から帰ってきた年のことだった。

幸一の弱みを握ったうえ、新潟の母親信子を訪ねた佐伯庄一は、あとになって信子から口止め料をせしめた。

しかも、カネをとって終わりではなかった。女好きの佐伯は、幸一がカネを盗んだことは黙っておいてやるから俺の女になれとか、口止め料は月々よこすもんだと信子を脅し続け、ある日、東京に来たからこっちへ来いと信子をホテルに呼びつけた。

このまま一生佐伯のいいなりになるものかと、信子はその日、ついに殺意を胸に新潟から上京したのである。嫌悪感を抱きながら佐伯に身をゆだねたが、思いをとげた佐伯がまどろんだとき、信子は一気にネクタイで佐伯の首を絞めあげた。

佐伯の抵抗は激しかった。だが、蹴飛ばされながらも信子は必死に絞め続け、佐伯の息の根を止めた。信子は死んだ佐伯を背負い、四つん這いになって浴室へ行った。佐伯の首にぶら下がっているネクタイを、ドアのとってにかけ、佐伯を仰向けにした。どんなに低い位置でも縊死が可能であることを信子は知っている。足をぐいっと引っ張ると、佐伯の上半身は斜めながらも宙づりとなり、ネクタイが首に深く食い込んだ。

汗だくになって始末を終えた信子は、椅子に座って息を整えた。

ふと見ると、椅子のうえに佐伯のバッグがある。開けてみると、着替えとペットボトルの水、それにスポーツ新聞と文庫本が二冊ある。文庫本は目を背けたくなるようないやらしい表紙だった。

預金通帳もあった。女の名前で佐伯の店が発行した通帳だ。信子はその名前に覚えがあった。佐伯にいわれて振り込んだ口止め料の振込先である。女同士だから、バレたら借金を返したといえばいい。佐伯にそういわれて振り込んだのだ。通帳には一千万円が二度も入金になっている。これを警察が見つけたら、それこそ自殺どころではなく、他殺をも視点に入れた事件となってしまうだろう。

信子は通帳を自分のバッグにいれると、脱ぎ捨ててある佐伯のジャケットからスマホを取り出した。連絡先をゆっくりとスクロールして、自分の名前と家の電話番号のいずれかが登録されていないかを調べたが、いずれも最後まで出てこなかった。佐伯は悪事にたけているのだろう。メールなど証拠の残ることは一切せず、連絡してくるときはいつも公衆電話からだった。

信子はスマホを拭いて佐伯のポケットに戻し、部屋の中で触ったと思われる場所を丁寧に拭いた。用意してきたガムテープで髪の毛が床に落ちていないかも念入りにチェックし、別の服に着替え、ヘアピースをつけて部屋をでたのである。

新潟に帰った信子は、それからしばらくの間、いつ警察がくるかと不安な日々を過ごしたが、一度、刑事が来ただけだった。それも、奥尻島で働いていた幸一のことを聞かせてくれといって来ただけで、その後は、警察からの連絡は一切なかった。

あれから何年も経ち、しかも東京に居を移して佐伯を殺した恐ろしさがようやく薄らいできていたときに、突然境川権蔵という男が現れ、幸一がらみの記事を書くといってきたのだ。

なんとかやめさせようと思っていた矢先、今度は権蔵を湖に突き落としてしまったのである。

信子が幸一の生存を喜べなかったのは、それがきっかけで佐伯殺しが明らかになるのではないかと恐れたからだった。

汽車は二十分ほどで黒磯駅に着いた。少し待って、各駅停車の宇都宮行きに乗り換えると、次の駅が那須高原だった。ここでも乗り換えに少し時間をつぶしただけで、六時十一分発の東京行き新幹線に乗ることができた。

席に落ち着いた信子は、車内前方の電光掲示板を何度も見た。政局のニュースと高速道路での交通事故、それに天気予報が繰り返されるだけだが、

《もと新聞記者、下郷町のダム付近で行方不明》

そんなテロップが突然流れてくるようで恐ろしかった。

東京駅へ着いた信子は、タクシーで文京区の自宅へ帰った。すぐに預金通帳を集め、時計を見るが、窓口が開くまでにまだ一時間もある。パスポートを探したが、あるはずの場所にそれがない。必死で探し回ると、金村と韓国へ行ったときの写真と一緒になっていた。

八時半になって、信子はパスポートをバッグにいれ、自分の預金通帳と金村の会社の通帳と印鑑、それにキャッシュカードも入れて家を出た。

信子は、まず自分の口座のある大手都市銀行へいった。

五百万円だけ残して、あとはすべて引き出した。それだけ残しておけば、今まで使ったカードの代金が決済されても足りるはずだし、毎年四つのカード会社から年会費の請求がきても心配することはない。

急いで銀行を回りきったあと、信子はプラダのバッグをカネで一杯にして家に帰った。スーツケースを出して、その底に服を敷き、本棚から持ってきた本を数冊ずつ重ねて隙間をつくり、そこに同じ高さになるよう札束を積んだ。あとは化粧品や靴などを無造作に突っ込んでスーツケースを閉じた。鍵をかけ、引き起こすと、かなりの重さである。紙とはいえ、札束はまとまると重い。昭和の時代に日本中を震撼させた府中の三億円強奪事件も、犯人はひとりで三十キロもの札束を持って逃げ回ったのだ。

信子のまわりには、銀行や証券会社の袋がからになって散らばっていたが、三井住友銀行の厚い袋がまだ残っていた。中には帯封のついた新券が十束。新券だから普通の束の半分くらいの厚さだ。信子はその一千万をエルメスのバッグに入れ、機内に持ち込むことにした。

タクシーを呼んで家を出ると、途中、コンビニの前でタクシーを停め、会津若松で履いていたパンプスを紙袋にいれたまま外にあるゴミ箱に捨てた。

信子は新宿でタクシーをおりて大手旅行代理店に入った。初めての店だが混んでいて、整理券をとって順番を待たねばならなかった。イライラしながら三十分も待って、ようやく自分の番がくると、

「サンフランシスコまで。――ファーストクラスでお願いします」

と、カウンターに座るなり急ぎ口調で告げた。両隣りの客がそっと信子を盗み見る。

「出発のご予定はいつでしょうか」

「今日です。急用ができたので」

想定外だったのか、応対した若い女は戸惑いの色をみせた。

「夜中に羽田を出発する便があるでしょ！」

早くしろといわんばかりに信子はいった。日本航空か全日空かは忘れたが、羽田とサンフランシスコを結ぶ便があるはずだ。その広告を新聞で見たことがある。

「ちょっとお待ちください」

女はカチャカチャとキーボードを叩き、手を止めてはパソコンの画面をのぞき込み、またキーボードを叩きはじめる。

「お泊りのホテルは、お決めになっていますか？」

マニュアル通りに事を進めたいのか。そのノンビリとした口調に信子は耐え切れなくなった。

「ちょっと、あなた、慣れていないんだったら、ほかの人にかわってよ！」

声は店全体に聞こえるほど大きかった。すぐに別の男が飛んできて、彼女と入れ替わりに信子の前に座った。

「どうもすみません。新人なものですから」

首にぶらさげたタグに課長の肩書がある。この男なら経験も豊富だろうし、時間もかからないだろう。

「わたし、急ぐんです。息子が病気になって……。今夜の飛行機に間に合えば、それで行きたいんです」

「ホテルはもうお決まりですか？」

「着いてから考えます」

「それはおやめになったほうがいいでしょう」

「どうしてですか」

「入国の際、滞在先を訊かれます。息子さんのところに滞在されるのでしたら、そこの住所を書けばいいとは思いますが」

「いえ、息子のところには泊まりません」

「それでしたら、なおさらホテルをお決めにならないと」

「じゃ、どこでもいいから早く予約をとってください」

一週間の滞在ということにして予約を頼むと、課長はいったん席をはずし、五つ星クラスのホテルが取れましたといって戻ってきた。

「それで。飛行機代はいくらですか?」

急な出発だから高いだろうと思いながら信子が訊くと、課長はコンピューターに向き直って、

「全部で百七十七万一千三百円になります」

「全部って?」

「わたくしどもの手数料も入れさせて頂いています」

手数料は十万から二十万だとあいまいなことをいう。信子のように航空券だけを求める客は珍しく、たいていは旅行いっさいを含めたパック・ツアーとして申し込んでくるので、手数料もそれなりに高く決められていると課長はいった。

「正確にはいくらですか？」

信子があらためて訊くと、

「あの、大変失礼ですが、手前どもの店とお取引はございますでしょうか？」

「いえ、初めてですが」

「あ、それでしたら、直接航空会社でお求めになられたほうがお安いですよ」

課長は冷ややかな目を信子に向けた。買ってもらわなくていいといわんばかりだ。

「じゃ、そうします」

「はい。では、先程《さきほど》の予約はお取り消ししておきます」

引き止めもせず、課長は席を立って奥へ引っ込んだ。不愉快極まりない態度に、信子は怒って店を出た。誰にも知られずに日本を出ようと、つきあいのない旅行代理店に行ったのだが、もはやそんなことをいってはいられない。一刻も早く日本を離れなければならないのだ。

信子は馴染みの日本航空の社員に電話をかけた。

「今日の出発ですか？　席はお取りできますが、今はどちらにおられますか？」

聞きなれた女の声だ。信子はほっとした。

「新宿です。これから家に戻って、スーツケースをとってから空港に向かいますけど」

「お急ぎください。十九時五十分の出発です」

信子は驚いた。

「えっ!?　午前零時ころじゃなかったですか?」

「はい、羽田―サンフランシスコ線の開設当時はそうでしたが、今は十九時五十分に変更になっています」

時計を見ると午後五時をすぎ、出発まで三時間を切っている。焦った信子はスマホを耳に当てたままタクシーを探した。

「ご主人もご一緒ですか?」

「いえ、わたしひとりです。それと、ホテルもお願いします。どんな所でも構いませんから」

信子は、結果をあとで教えてくれといって電話を切った。

タクシーをつかまえた信子は急いで家に向かった。途中、赤信号で止まったとき、スマホが鳴った。

「俺だ。今どこにいるんだ?」

夫の金村良治からだ。

「怪我した人の病院から帰る途中よ」

「早く帰ってこい。大変なことになったんだ。あの中島佑子が、俺たちに会いに事務所の人と一緒にこっちへ来るんだとさ。知ってるだろ？　タレントの中島佑子。――さっき施設長が伝えに来たんだが、俺はびっくりしちまって。こっちはもうキャーキャーと大変な騒ぎだ」

「なんで来るの？」

「幸一が津波から助けたんだとさ。赤ちゃんのときにな。命の恩人にどうしても会いたいといって来るそうだ。境川さんが強引に呼んだらしいけど、そんなこと、俺は境川さんから一度も聞いてねえぞ。おまえはどうだ？　知っていたか？」

信子は権蔵がいったことを思い出した。幸一が幼児をさらって逃げたとかなんとかいうことである。

「おい、聞いてんのか？」

「うるさいわね。もうちょっと小さな声で話しなさいよ」

「知ってたかって、聞いてんだ」

「知るわけないでしょ！」

「それにしても、おかしいじゃないか。幸一が助けた子は両親に返したと、前におまえ、そういっていたよな」

「幸一がそういったからね」

「とすれば、幸一はふたりも助けたのか？　なんだかよくわからんが、ま、とにかく早く帰ってこい。交通事故に遭った者より、こっちの方がはるかに大事だろうが」

「……」

「それと。おい、境川さんはどうなってるんだ？　電話がずっと切れているんで、あしたどうすればいいのか、さっぱりわからん」

信子の頭は、逃げることで精一杯だ。混乱していて、なんと答えていいかわからない。

「いいな。新幹線に乗ってすぐに帰ってこい」

信号が赤から青に変わった。

「待って、いまタクシーの中。あとで電話するから」

信子は電話を切ったが、羽田へ行くか、それとも東京駅から新幹線に乗るか。迷いに迷った。

すべてを投げ捨ててアメリカへ逃げ、そこで一生を終えるか。それとも、危険覚悟で金村のいる下郷に戻り、死んだと思っていたひとり息子に会うかである。

アメリカに行けば病気になることだってある。ビザが切れるたびに出国しなければならず、再入国できない事態に陥ることもある。かといって、下郷に戻ったところで、幸一と会っているときに境川権蔵の遺体が発見されれば、いや、たとえその日でなくとも、いつか権蔵の遺体があがれば、信子は間違いなく重要参考人として警察に引っ張られるだろう。駐車場で施設の職員に顔を見られているし、夫の金村も、権蔵のあとを追って部屋を飛び出していったのを知っているのだ。

と、妙案が脳裏にひらめいた。

向こうで誰かアメリカ人を見つけて結婚し、永住権を取得するのだ。そうすれば、ビザのことなど気にする必要はなくなる。病気になっても言葉に困ることはない。男のひとりやふたり落とすのは簡単なことだ。もし、日本で結婚していたことがバレたら、弁護士をやとってダラダラと時間を稼ぎ、その間に解決方法をみつければいい。

信子はプラダのバッグに手を触れて、カネさえあればなんだってできると自分にいいきかせた。

「運転手さん、家に着いたらちょっと待っていてね。スーツケースを取ってくるから、そのまま羽田へ行ってちょうだい」

家に着いた信子は、急いでスーツケースを取ってくると再びタクシーに乗り込んだ。途中でスマホが鳴ったが、どうせ金村だろうと思ってでなかった。

その後も何度かスマホが鳴り、運転手の手前、いつまでも放っておくことはできない。電話にでると、やはり金村からだった。

「おい、境川さんになんかあったんじゃないのか？　こっちへ北海道の病院から電話があったぞ。連絡がつかないらしい。ここへ来ていることは向こうも知っていたが、ここから帰った様子がないんだ。施設長も、境川さんから帰りますといわれていないし、心配して今ここに来られている。おまえが最後に会ったようだし、その後、なんか連絡はあったか？」

信子の胸に戦慄が走った。

「奥さんが亡くなったんだとさ。早く知らせてやらなきゃならん。病院のほうでは妹さんには電話で知らせたといってるんだが、まったく、あの人はどこへ行っているんだろうか。こんな調子じゃ、あした社長に会うことはできないかもな」

「また別の機会になるわね」

信子はやっと小さく返した。

「いや、境川さんがいなくても、おまえがいればいいんだ。幸一かどうかは、おまえが一番よくわかるからな。で、何時の新幹線で来るんだ？」

「今日は無理。あした、できるだけ早く行くから」

有無をいわさず電話を切ったが、信子の恐怖心はどんどん募っていった。

羽田空港に着いたのは午後六時だった。カウンターでファーストクラスのチケットを受け取り、荷物を預け、信子は上級客専用のラウンジへと向かった。

そこは広々として四つの空間に分かれているが、信子は一番奥にあるレッドスイートと呼ばれる場所へ足を向けた。静かに酒を飲める空間で、気持ちを落ち着かせるためジン・ライムを注文した。

ひとくち飲んだときである。

見ているテレビの画面で、ニュースキャスターがわきから紙を渡された。

『たった今入ったニュースですが、福島県にあるダムの貯水湖で水死体が発見された模様です』

信子は思わずグラスを落としてしまった。バーテンが飛んできて、だいじょうぶですかと声をかけたが、信子の目は画面に釘付けである。

『今朝、釣りにきた人が湖面に浮いている男性の遺体を発見し、警察に届け出ました。関係者の調べによりますと、亡くなったのは元小樽新報社の記者で、境川権蔵さん五十二歳。境川さんはきのう福島県南会津郡下郷町にある特別養護老人ホームを訪れたのを最後に行方がわからなくなっていたそうです』

早い。もう警察が動き出したのだ。

金村からの異常な数の着信履歴はそのことを知らせようとしたに違いない。かといって、いまさら金村に電話をするわけにはいかない。警察が金村の所に来ているかもしれないのだ。

信子はコップの水を飲んだ。冷たい感触が喉を過ぎた瞬間、信子にある考えが浮かんだ。そうだ、権蔵は自殺した事にすればいいのだ。逃げることにかまけて他に考えが及ばなかったが、こんな筋書きができるではないか。

あのとき境川は、病院から電話を受けると急に顔色を変え、話の途中で部屋から出ていってしまった。これは金村も見ている。

奥さんによほどのことがあったのだろうと思ったが、それにしても、電話を受けたときの境川の様子は尋常ではなかった。心配になって急いで後を追ったが、境川はどこにもいなかった。捜しまわって、やっと近くの土手の上で見つけたが、境川さん本人も、どこをどう歩いてきたかわからないといった。よほどつらかったのだろう。何を話しかけても黙り込むばかりで慰めようもなく、仕方なく彼をひとり残して土手をおりた。そのあとで、境川さんは身を投げたようで、現場に残ってさえいればと悔やまれる云々。

このような話でつじつまはあうはずだ。

あなたは、病院からの電話に妹ですといって出ていますが、なぜですか。そう警察から訊かれたとしても、妻が死んだ知らせではないかと恐れをなした権蔵が、身内のものだといって代わりに出てくれと信子に頼んだことにすればいい。

何も逃げる必要はなかったのだ。権蔵には自殺する理由がしっかりとあるではないか。

時計を見ると、搭乗時間が迫っていた。

信子は、急いでバーテンに歩み寄った。

「すいません、搭乗をキャンセルしたいんですが」

「えっ！　今からですか？」。

氷を砕いていたバーテンは驚いて顔をあげた。

「荷物はもうお預けになっていますよね？」

彼は慌ててそばの電話をとり、信子に目を向けて便名を訊いた。

ただならぬやりとりに、搭乗を待つ客の多くが信子に視線を向けたが、便名を告げて席に戻った信子は、ふと、スーツケースのカネを思い出した。今日一日で金融資産のほとんどを処分してしまっているのだ。金村の会社のカネにも手をつけた。なぜそんなことをしたのかと訊かれたら答えようがない。

何か疑われずにすむ理由があるだろうかと考えたが、焦るばかりでは答えを見つけることができない。

日本に残ったほうがいいのか。このまま逃げるべきか——。

出発時間が迫るが、選択の振り子が激しく揺れる。

そのとき、奥から職員の女が足早にやってきた。

「おやめになるんですね。飛行機から荷物をおろさなければなりませんので、ここでお待ちになっていて下さい。もう搭載が終わっているので時間がかかりますけど」

女の無線機から怒鳴るような男の声がした。

「高橋信子さん、ゼロゼロ二便、サンフランシスコ行きに間違いないですね！　スーツケースひとつ！　それだけおろせばいいんですね！」

荷物を搭載する責任者のようだ
「はい、そうです」

女は答えた。

「待ってください！」

信子が声をあげた。

「行きます！　やっぱり行きます！　飛行機、乗りますから」

女は一瞬、唖然としたが、

「ご搭乗になられるんですね。　キャンセルじゃなくて、行かれるんですね！」

念をおされて信子は頷いた。

女は無線機を口にあて、大きな声で、

「ちょっと待って！　そのまま、そのまま！　おろさないでください！　ご搭乗になられますので」

と、指示の変更を伝えた。

ラウンジ内に静寂が戻った。

信子は、アメリカに着いてからのことを考えていた。英会話の学校に行かなければならないが、そう簡単にしゃべれるようになるだろうか。カネを預ける銀行はどこにして、どうやって口座を開けばいいのか。住むところだって、そう簡単には決まらないだろう。自分を助けてくれるパートナーも急いで探さなければならない。

考えると、次々と難題が浮かんできて信子は目を閉じた。行くと決めたはいいが、日本に残って知らない土地に身を隠せばよかったのか……。

心がそちらに傾いたとたん、ふと、権蔵を突き落とした手の感触がまざまざと蘇ってきた。ダムの貯水湖に集まっていたパトカーが一斉に向きを変え、こっちへ向かってくる場面が映画のように浮かんでくる。

恐ろしくなって、信子は目をあけた。

「高橋さま？」

女が前に立っていた。気配を感じさせず、まるで空中から突然現れたような唐突さだ。

「お待たせいたしました。どうぞ、ご搭乗のお時間でございます」

信子は立ちあがった。

それからほどなくして、夜空に現れた一機の飛行機がゆるやかに向きを変えると、両翼に赤と緑のランプを点滅させながら高橋幸一の会社の上空を通過して、星のまたたきの中に消えていった。

13

信子がアメリカへ発った翌日、会津若松の下郷町の施設にいる金村良治は、朝から刑事の訪問を受けていた。

境川権蔵の死についてである。

刑事は自殺と他殺の両面から捜査をはじめることになるといったが、信子と連絡がとれない金村は、慎重に言葉を選んで対応した。

また、同日、ブロンクスの高橋慈明社長が権蔵の死を知って急遽駆けつけ、警察の事情聴取が済んだのち、一切を権蔵から聞かされていた金村のもとを訪ねて、自分が金村の妻信子の息子であることを告白した。

金村は、ありさがいた乳児院に幸一が匿名で寄付をしていたこと、また、現在も全国の乳児院に多額の寄付を続けていることに幸一の贖罪の気持ちを感じ、幸一に対して、高橋慈明のまま一生を終えられるよう、これまで知り得たことは口外しないと約束した。

金村の会社は無事東証プライム市場への上場を果たし、ここのところ株価も堅調に推移している。

タレントの中島佑子は、ニュースで権蔵の死が報道されるやいなや、ボイストレーニングの帰りに権蔵から密かに渡された名刺の裏にかいてあったブロンクスの社長に会いに行き、津波から自分を救い、カネを入れたおむつパックと一緒に自分を交番前に置いてくれた人物が彼であることを知って、感動の対面を果たした。

秋田に住むありさの父沢田宏明は、ややあって中島佑子の訪問を受け、その後、遺伝子解析を受けたのち、娘であることは認めても認知届を出すことはしなかった。妻や妻の親戚すじは、娘が有名なタレント中島佑子であることを知るや、親としてその子を認知するのが人の道ではないかと宏明に迫ったが、金銭目当ての思惑が見受けられ、宏明は即座に断った。佑子をカネ儲けの道具にしたくはなかったのである。

しばらくして妻と離婚した宏明は、幸一に招かれてブロンクスの社員となり、中島佑子の住むマンションの近くで、ひきとった男の子とふたりで暮らしている。

歌舞伎町のホステスで、なかば脅すようにして幸一と結婚した松島彩恵子は、その後病魔におかされて命を奪われたが、いちじ幸一の会社で働いていた彼女の弟修一は、のちに半グレ集団のボスとなり、縄張り争いを巡る中国人との喧嘩で殺された。

元新聞記者の境川権蔵は、見晴らしの良い小樽の丘の上で、愛する妻泰子とともに永遠の眠りについている。

金村信子の行方は今もってわからない。

了

著者プロフィール

山田典宗（やまだ　ぶんそう）

新潟県生まれ。

銀行勤務の後、法律事務所・病院事務長を経てコンピューター・ソフトウェア会社の米国法人社長としてサンフランシスコで暮らす。

小説作品として「流星の旅路」「狙われたシリウス」などがある。

波の影

2024年 11月 1日　発行

著　者　山田典宗

発行人　越智俊一

発行所　アートヴィレッジ

〒663-8002　兵庫県西宮市一里山町 5-8-502

電　話：090-2941-5991

ＦＡＸ：050-3737-4954

メール：info@artv.jp

ホームページ：https://artv.page

印刷所　株式会社日商印刷

ISBN 978-4-909569-86-8

定価はカバーに表示してあります。

落丁・乱丁本はお取替えいたします。